순록 썰매를 탄

북극 여행자

순록 썰매를 탄

북극 여행자

윤향기 시집

윤향기 시집 순록 썰매를 탄 북극 여행자

1판 1쇄 펴낸날 2021년 11월 15일
지은이 윤향기
펴낸이 이재무
책임편집 박은정
편집디자인 민성돈, 장덕진
펴낸곳 (주)천년의시작
등록번호 제301-2012-033호
등록일자 2006년 1월 10일
주소 (03132) 서울시 종로구 삼일대로32길 36 운현신화타워 502호
전화 02-723-8668
팩스 02-723-8630
홈페이지 www.poempoem.com
이메일 poemsijak@hanmail.net

ⓒ윤향기, 2021, printed in Seoul, Korea

ISBN 978-89-6021-596-2 03810

값 15,000원

시인의 말

누구도 말했지만
누구도 말하지 않았던 그 모든 순간
시의 정원을 둘러본다.

16년 만이다.

다시 돌아올 수 있음에 스빠~시바!
다시 만난 들꽃들에 스빠~시바!

김포 뜰 송헌지실에서

2021. 11. 항기

차 례

시인의 말

제1부

제2부

제1부

나귀들의 시간은 목에 달린 종소리와 나 사이에 보초를 서곤 했다

묵중한 눈꺼풀 사이로 소리와 냄새가 먼저 들어왔다.

어린 나는 마을 어귀 나무 평상에 앉아 일하러 가는 사람들의 소리를 듣는다. 조석으로 내 앞을 지나 들로 나가는 여러 종류의 마을 가축들을 만난다. 각기 다른 발굽 소리와 특유의 냄새가 목에 달린 종소리와 나 사이에 보초를 서곤 했다.

페스Fes의 골목, 나귀가 경쾌한 걸음으로 내 앞을 지나간다. 비킬 사이도 없이 오줌을 확 갈긴다. 그때 목에 달린 종소리가 도덕 같은 안전장치는 될 수 없었다. 아무 일도 없었던 표정으로 그놈이 날렵하게 다시 걸어갈 때 크고 묵직한 소리를 내는데 흙길에서조차 원초적인 것, 영원해 보이는 것을 향해 기꺼이 다가가는 나의 발걸음 소리와 다르지 않았다.

리히텐슈타인의 파란 생선 굽는 날

윤기를 머금은 줄농어 싱싱한 파란빛 어디에 칼집을 넣을까 어느 시점까지 구워야 그루브를 탈까 메들리 고민에 레몬, 타임을 뿌리고 무심한 칼질에 소금과 후춧가루로 밑간을 한 뒤 버터를 바르고 파슬리의 비밀을 뿌려 중간 불에 굽는다

정해지지 않은 결과물은 고정관념에 창을 던지는 돈키호테의 결정처럼 무수히 바뀐다. 생선, 칼, 도마, 석쇠 대신 물감, 오일, 붓, 캔버스를 사용한 팝아트의 신선한 레시피 인생은 씨뿌리기, 물주기, 거름주기, 수확하기처럼 언제나 석쇠 자국이 선명한 음식 곁에 있다 그렇다고 술병 안에서 계절을 찾는 건 엄청난 바보

바다 한 채

택배요!

막 도착한 멸치 한 상자에
완도 앞바다가 순식간에 일렁인다
외롭게 혹은 오롯이 서로의 등을 쓸며
가난을 밝혀 가며 빈집에 등이 켜지면
막소주 한 사발에 따라 나온 멸치 몇 점
더러는 눈물에 짓이겨 경건히 모시는데
소금 같은 싸락눈에 전생이 지워지고
두고 온 먼바다의 수평선도 잠기겠다

누운 채,
하늘 쪽으로 펼치는 등 푸른 마른 설법

To. 잔 에뷔테른
―당신, 그려도 될까요? From 모딜리아니

1. 사랑

캔버스에
당신의 알맞은 온기와 바라보기 좋은 눈빛과
내 높이에 꼭 맞는 긴 목과
우수에 찬 분위기를 그립니다
머리카락 곱게 늘어트려 내 어깨에 잠드는
당신

2. 죽음

사랑스러운 저녁 별
나의 이그드라실, 당신 잘 있지요

수많은 여인들을 배신하게 하고
당신의 신성한 보호를 받았던 나의
마지막 인사를 받아 주오

나에게 가장 아름다운 빛을 건네준 별, 당신에게
아득하여 닿을 수 없는
지상의 사랑을 전송하게 되는 마지막 행복

3. 다시 사랑

온갖 지붕들이 한눈에 내려다보이는
니스의 창밖으로 뛰어내려
천국에서도 나의 모델이 되기 위해 맨발로 걸어온
당신

이제 나는 하늘의 축복을 받은
당신의 순결한 날개와
당신의 순정한 물방울과
당신의 달콤한 목소리를 섞어 물감을 풀어도 될 · 까 · 요?

새가 놀라 네 번이나 울며

카뮈: (다정스레 눈길을 건네며) 어머니 장례는 잘 치렀니?

뫼르소: (무표정한 두 손을 바라보며) 눈물 대신 묘석에 장미를 뿌렸죠. 그러고는 마리와 바닷가로 갔습니다.

카뮈: (더욱 부드러운 목소리로) 그러고는

뫼르소: (시니컬한 블랙 유머를 덧입힌 희극대사처럼) 서로의 입술을 베어 먹었죠. 물 많고 당도 높은 입술, 뒷맛이 새콤한 아아아 신음을 누르며 미감의 절정을 관능이 만끽하도록 녹아들었죠. 온몸에 원을 그리며 울려 퍼지던 종소리는 사방에서 모여든 기이한 정적의 목구멍으로 흘러 들어가고 눈 깜짝할 사이에, 서늘한 푸른빛이 사라지는 양달개비꽃처럼 그 순간 이별은 준비된 칼이었죠. 환호작약하던 피톨들 음악이 갑자기 멈춘 것처럼 영겁의 욕망 기호를 집어던졌죠. 단지 나의 외로움을 달래기 위해 낙타의 목을 묶어 놓듯 건달 친구 레이옹의 뇌하수체 어느 부분을 살짝 건드려 곁에 매어 두었습니다. 그래도 심심하여 레이옹의 가장 깊은 곳에 있던 꽃에 대한 생각조차 토해 내게 한 후에 어슬렁어슬렁 낙타를 메고 사막 여행을 떠났습니다.

카뮈: (낙하하기 시작하는) 어머니가 부르는 목소리가 들리

지 않든?

뫼르소: (쏘아붙이듯) 아뇨, 오히려 사막에 사는 아라비아인
들의 목소리가 들렸습니다. 건조하고 꺼끌꺼끌한
목소리가 비위에 맞지 않아 시끄럽다고 단순히 시
끄럽다고 말한 것뿐인데 그 순간 번쩍! 칼날로 내
심장을 찌르는 것처럼 째려보지 않겠습니까?

카뮈: (눈을 크게 뜨고)그래서

뫼르소: (삐걱삐걱 모든 관절들은 피곤한 시간을 여닫다 허물어지는
데) 가도 가도 모래바람에 눈은 감기고 태양은 전
어처럼 바삭바삭 나를 굽는데 주머니 속에 있던
총이 혼자 제 그늘을 내 손에 맡기는 바람에 그저,
그저 당겼습니다. 주변에 있던 새가 놀라 네 번이
나 울며 날았죠. 그뿐입니다.

카뮈: 오호라!
상황이 본질에 앞선다?
대체 본질은 무엇이고 상황은 무엇이냐.

시리아로 가는 저녁

　낙타 타고 낙타 타고 우리 시리아에 가요 베두인 할아버지가 밤마다 돋보기 너머로 퓌라모스와 티스베의 사랑 얘기 들려줄 때마다 금박으로 덧씌운 송곳니가 반짝거리는 세상에서 가장 재미있는 알나푸라 카페에 가서 천 년 손님이 될까 봐요

　꼬부랑꼬부랑 퓌라모스를 만나러 뽕나무 밑으로 가다가 사자를 만나는 옛이야기를 몰래 찍다 들키면 엄청 혼나구요 친구와 잡담하거나 큰 소리로 웃어 젖히다 티스베의 스카프를 떨어뜨리기라도 하면 무서운 회초리 아저씨에게 철썩철썩 엉덩이를 맞아요

　알나푸라 카페에선 뻐끔 물담배를 보글보글 피우거나 이야기에서 집어 올린 눈웃음을 진하게 나누어 마시다가 밤 깊은 커피 잔 위로 터벅터벅 이야기를 싣고 떠나는 낙

타를 따라가다 보면 어느새 자줏빛 오디로 변해 눈물짓고
있는 연인들을 만나게 되죠

shooting painting
—니키 드 생팔展

숫팅! 숫팅!
총은 ♂들만 쏘는 게 아니야

숫팅! 숫팅!
기억하지? 분홍 분홍 11살 니키 드 생팔우
백조로 둔갑한 아버지 총에 꽃가루로 떨어져 내린

숫팅! 숫팅!
검은 타이를 맨 흰 와이셔츠 나무에 걸어 놓고
당장 패대기칠까 아니야 한 번에 뭉개뜨리는 거야
버려진 슬픈 과녁을 향해 분노의 방아쇠를 당겼다
발광하듯 따발총에 장전된 피 울음을 쏘았다

보이지? 피투성이가 된 채 대롱대롱 매달린 저 백조♂

선혈鮮血을 쏟아 내며 고꾸라지는 살덩이들

오, 상쾌 통쾌…♀

숏팅! 숏팅!

♂들은 총으로 한 방에 착한 여신을 죽이지만

여신은 용암으로 잘 달궈진 물감 총으로 조준 사살해

숏팅! 숏팅!

폐사지에 숨겨 두었던 ♀NaNa*의 문장이 출렁일 때마다

터질 듯 부푼 즐거운 ♀NaNa들은 순풍순풍 태어났다

숏팅! 숏팅!

카메라 옵스큐라**에 사막을 키우던 ♀검정 NaNa, 살해당한 ♀NaNa가

  싯다르타에게 천 개의 손과 천 개의 눈으로 마음의 단청을 하사받고

  미술사로 편입되던 그날 콜키쿰을 머리에 꽂은 자신의 야경夜景에

  콜키쿰의 독을 심고 그 독에 서서히 중독된 프리 댄서들은

거짓말처럼 우의 자비 섬광으로 우를 투명하게 복제해
나갔다

* NaNa: 불어, 보통의 여자아이.

** 카메라 옵스큐라: 라틴어, 어두운 방.

천화도遷化*圖

동안거를 끝냈는가
한 벌 옷이 외출을 하네
저당 잡힌 묵언수행과 가압류된 묵은 소유
한 덩이 달 반죽 속에 훌훌 날려 버린다

소몰이 창법으로 쏟아 내는 들숨 날숨은
팔천 가닥 자비 면발을 실실이 뽑아낸 것
늪보다 어두운 숲길을 허기지게 걸어가네
귀를 끌어당기는
꿀벌색 날갯짓의 처음과 끝 그 사잇길로
네발 달린 짐승이 되어 마침내 기어가서
몇 과 사리로 영근 들꽃 같은 세속의 말
담담히 베고 누워 나뭇잎 경전을 덮는다

어디쯤인가
빙하기 살찐 보름 한 입 베어 물고 잠이 들면
바깥을 닫은 거기서부터 벌써
밝다

* 천이화멸遷移化滅: 깊은 산속으로 걸어 들어가다 쓰러져 나뭇잎을
  긁어 덮는 고승의 죽음 의식.

예산 가는 길

용산역, 플랫폼으로 들어서는 기차
장항선이 아닌 익산행 새마을호가 낯설다
꼭 남인도 빈민가에서 만난 사람 같다

거무룩한 피부
웅덩이처럼 푹 꺼진 벨벳 엉덩이
그르렁 쿨럭 질룩 쩔룩 시원찮은 관절로
무수히 기멸起滅하며 달리는
설청雪晴*의 문장들을 더듬더듬 펼쳐 읽는다

오디 댕겨오신대유 참말이지 반갑구먼유
이장님은 많이 쾌차하셨다남유
서산댁은 이달에 세 번째 손주를 봤다면서유
그려, 방앗간집 막내딸도 혼사가 정해졌댜
저어기 아직도 사과가 매달려 있는 것 좀 봐유

무한천 달빛 두레 밥상 위 민달팽이들
칸칸이 밝은 서로의 내력이
친근한 종교처럼 한집안 식솔들처럼

구김 없이 흘러간다

* 윤정구의 「설청雪晴」에서.

타투 로드tattoo road

찻잔 안팎으로 길을 낸다

볕살 들어 더욱 움츠리는 귀 접은 잔설 사이로
짓이기기, 불타오르기, 울부짖기, 소멸로 구성된
도공의 염원이 애잔히 벼려 넣은 자해의 패키지
그리운 것들의 이름이 설핏설핏 지워지는 인드라얄라
매화피* 등고선에 귀 기울이면 땅속 깊숙이
물 흐르는 소리 들린다

한 몸에서 누대의 계절을 섞을 수 있는 혈통이란
제 몸을 아낌없이 긁어낸 퍽베기**의 안쪽
말차(抹茶)의 끓는 울음을 받아 낸 종족뿐

어둠을 베어 먹으며 TV를 켠다
해외로 입양 간 아이들이 부모의 내력을 찾는다
삭제된 미아 시절 허리께를 더듬으며 어리게 운다
이도다완이라 개명한 새로 늙은 퍽베기가
타투 로드에 눈물 한 상 차려 놓고
고봉으로 담아내는 저
봄날의 용서

* 매화피梅花皮: 그릇 표면에 터짐과 엉김으로 생긴 흔적.

** 퍽베기: 막사발, 일본으로 넘어가 찻잔으로 변한 이도다완의 다른
이름.

칠칠치 못한 우정 한 다발 그리고 한 줄기

좌, 〈아스파라거스 다발〉, 1880, 캔버스에 유채, 46 × 55cm, 발라프미술관(Wallraf-Richartz Museum), 쾰른.
우, 〈아스파라거스〉, 1880, 캔버스에 유채, 16 × 21cm, 오르세미술관, 파리.

산골 토담화방에 잘 차려입은 신사가 들어온다 끼니도 거른 화가는 그리던 화폭을 밀쳐놓고 차를 끓인다 그림은 잘돼 가나 그저 그렇지 뭐 근데 연락도 없이 웬 일인가 지나는 길에, 재스민 향 참 좋구면 입에 맞는다니 다행이네 사실은 부탁이 있어 왔다네 주방에 걸 그림 한 점 그려 주게나 그러세 근데 무얼 그리면 되려나 붓 가는 대로 하게나

친구가 돌아가자 무엇을 그릴까 이 궁리 저 궁리 끝에 아스파라거스를 맛있게 먹던 한 장면을 기억해 냈다 곧장 〈아스파라거스 다발〉이란 그림을 그려서 보냈다 그림을 받은 친구는 약속했던 800프랑에 200프랑을 더 얹어 1,000프랑을 보내왔다 화가는 고맙다는 말 대신에 아스파라거

스 한 줄기를 더 그려서 인편에 보냈다 "먼저 보낸 아스파라 거스 다발에서 한 줄기가 빠져 있는 걸 미처 못 보았다네"

곤궁했던 시절의 마네와 친구 샤를 에프루시의 우정 설법!

벼락을 맞다

TV가 말했다. 꽃을 오래 보려면 물속에 설탕을 조금 넣으라고

어버이날 꽃바구니가 배달되었다. 나는 배운 대로 유리 화병에 물을 가득 받고 설탕을 듬뿍 넣어 식탁에 놓았다. 일주일 내내 싱싱하게 웃는다. 다시 물을 갈고 설탕을 듬뿍 먹여 주었다. 이 주일이 지나도 그대로다. 싱싱한 웃음을 마시며 유리 벽 속의 꽃대를 바라본다. 본래의 초록 라인이 사라진 자리, 설탕물에 퉁퉁 불어 영혼 불멸을 꿈꾸는 저 앙증맞은 꽃들이 섬뜩하다.

의사가 말했다. 꽃을 오래 보려면 몸속에 설탕을 조금 넣으라고

아침마다 몸속에 호르몬 약을 투여한다. 시들지 않으려고 여자를 지니려고. 썩은 꽃대에 간신히 매달려 처절하게 웃는다. 나는 조화가 될 거야. 갈 때를 잃어버린 꽃은 꽃이 아니다. 아름다움은 사라지기에 아름답지 않은가. 과대 영양 덕분에 시들지도 못하는 말간 눈동자가 너무나 안쓰럽다. 두 눈 질끈 감고 쓰레기통에 던져 버린 약통, 낙뢰 맞은 저 파편!

에밀 놀데의 가을 바다 공법

에밀 놀데의 〈가을 바다〉에 몸 던져 밤새 운 적 있다 세
상 모든 상처 난 사랑들이 낯선 피처럼 찾아들고 한 남자
의 아침에 물들던 각시취 같은 여명과 한 여자의 저녁에
물들던 산비장이 같은 노을이 여기선 한 몸 한통속으로 어
우러져 깊고 주워댄 내력들이 속내를 알 수 없이 거칠게
포효하다가 붉디붉은 울음을 뱉어 내며 미끄러진다

황색 부리 청둥오리 한 마리 어디선가 날아와 부리를 크
게 벌린 입속으로 꽉 들어차는 저 풍경은 아마 쾌락의 화
엄華嚴에서 배운 공법이겠다

산수유

세상에,
갓 태어난 아기 울음
그치는가 싶더니
무명천 안개 자락에 지리는 배내똥
살얼음 헛디디며 몇만 리를 흘러왔는지
반가부좌 엉덩이마다 환하게 피는 봄

깨금발로 지나쳐 간 내 사랑의 뒤란에
샛노랗게 반짝이는 등불 한 송이

더블린의 사치

애인보다 좋다는
누구와 나눠 마실수록 좋다는
맥주 거품들의 검은 수다 속에서
얼어 터진 감자기근의 질긴 정신과
쌉쌀하다가 아득해지는
검은 빙하를 완독으로 넘기는데
흘깃,
나를 한번 읽은 흑맥주의 시간은
세상이 뱉어 낸 말풍선보다 먼저 일어나
일몰의 내 심장에 둥둥 북을 친다

북극 여행자

북위 68.3도에서 이할미우트 부족을 만났다. 활을 둥글게 말아 구름을 얹고 창에 순록을 매단 에스키모 사내들. 순록 대신 흰 여우의 털가죽을 벗겨 설탕과 총으로 바꾼 유토피아는 위대한 여우 사냥꾼을 재생산했다. 그러나 고수익은 잠시뿐 위기에 빠진 무역업자들은 도시로 떠나 버렸다. 순록 사냥법을 잃어버렸다고 여우 털가죽을 먹을 수는 없는 일. 사내는 굶주림의 정수리를 쪼아 대는 북극 제비갈매기를 벗어나기 위해 구렁이가 돌아 나가듯 잠시 잠 속으로 피했다.

살려 줘! 제발~ 고향으로 돌려보내 줘! 1897년 뉴욕. 북극 탐험가 로버트 피어리가 자연사박물관에 10살 된 에스키모 소년 미닉*을 팔아넘겼다. 몇천 명의 백인들은 1인당 25센트의 입장료를 내고 들어와 원숭이를 관람하듯 떠날 줄을 몰랐다. 백인들만 인류이고 나머지는 자연이라서······

어찌할 바를 몰라 허둥거리는 밤하늘, 감수분열한 오로라 신탁을 헤집고 춥고 혹독한 회오리바람이 이글루를 뛰어다니다 울컥 할머니를 쏟아 냈다. 할머니는 몽땅 빠진 잇몸으로 털가죽을 자분자분 짓이기며 이글루 문턱에 걸어 놓을 무지개를 뜨고 있다. 고기를 잃어버린 썰렁한 실내의 공기가 보름째 흐느끼는 사내와 손자의 배고픈 칭얼거림을 멍하니 바라본다. 툰드라를 지나온 빙하 멀미가 반눈만 뜬 채 얼음벽 쪽으로 흐릿한 한숨을 토해 낸다. 북극제비갈매기 부리가 빙하 멀미의 수척한 머리를 들고, 그녀가 칭얼거림 속으로 들어가도록 밀어준다. 몰아닥친 눈발은 인정사정없이 그녀를 발바닥에서부터 빙빙 스프링처럼 돌려 여우 목도리에 싸안고 어둠의 뒤란으로 사라진다. 허기의 적도까지 내몰렸을 결핍이 소멸의 시간으로 이주하자 이글루가 토네이도처럼 하늘로 솟구쳤고 그녀를 가득 채운 눈바람이 몸을 움츠렸고 사내는 눈을 떴다.

수형에 든 새하얀 아침이 미닉을 데리고 나왔다. 나는 황급히 미닉의 눈 속에 내 손을 부드럽게 집어넣어 한결 평온해진 그녀의 누운 얼굴을 건져 올렸다. 그녀는 자신의 눈 속에서 은하처럼 발아하는 순록의 눈을 들고 서 있었다. 미닉! 네 이름쯤에서 웃음이 환하게 피어올랐다.

* 1918년 미국 벌목촌에서 28세에 폐렴으로 사망. 극 지역 사학자 켄 하퍼가 구전되던 미닉의 이야기를 이누이트어로 엮은 책 『내 아버지의 시신을 돌려주세요』를 1980년대에 그린란드에서 출판.

소의 말을 듣다

무쇠솥에서 사골이 펄펄 끓는다

감나무 아래 용솟음치는 사골국의 분노는 내려갈 기미
가 없다

장작 불길이 무쇠솥을 삼키는 동안 솥 안은 퀴퀴한 분투
의 거품들로 넘쳐 난다

부지깽이를 놓고 일어나 국자를 든다

정중앙으로 몰려드는 누런 기름 덩이와 거품 문 소문
을 걷어 낸다

깎아지른 솥 가장자리에 본드처럼 붙어 있는 내연의 궁
합을 비정하게 잘라 내고

멈칫멈칫 모습을 드러낸 번아웃증후군도 아낌없이 추
려 낸다

시간을 풀어놓고 분노를 고아 달이는 노염老炎, 몇 생애
를 몸 밖으로 건져 냈을까

정오 건너 하오 지난 모색의 웃음소리, 리플리 증세들
이 흐릿하게 저물어

푸시 푸시시, 각으로 세워졌던 분노의 화력이 탈진한다

풀을 씹던 속도로 소가 내 몸속으로 들어와

보세요, 내 가슴의 동쪽에서 달이 떠올라요
이따금 새들이 내 등에 앉아 그 달을 물어 늘리기도 해요

멕시코만의 태도

파도가 헐떡이는 필라르호 갑판 위에
잘 익은 노을 안주 한 토막 뜯어 놓고
산티아고 털보 영감과 마주 앉아

드소! 드소!(Cheers! to you! Cheers! to you!)
가끔씩 고개 끄덕여 주며
불콰히 물들어 가는 낙관 두 개

갈고리 해진 상처로도 잡지 못한 바다
구름의 심장을 담뿍 얹어도 맛볼 수 없는 바다
털보 영감의 저 비릿한 잠의 혓바닥에
바다를 한 길 더 포효케 하는 청새치 뼈는 자라는데
무죄한 청새치들은 오늘도 심해로 헤엄쳐 가는데
낡고 노쇠한 생의 유적을 끌어당기다
해 질 녘 수평선에 코 박고 끌어안은 텅 빈 테킬라 술병
이제는 놓아주어야 한다 만장처럼 펄럭일지라도

드소! 드소!(Cheers! to you! Cheers! to you!)
행복을 파는 데가 있으면 좀 샀으면 좋겠어*

* 어니스트 헤밍웨이의 소설 『노인과 바다』에서.

제2부

한 광주리의 평화

베란다에 펑퍼짐하게 앉아 고구마줄기 껍질을 벗긴다

흐릿한 연애 감정처럼 불투명한 오후가 똑! 부러진다

길게 이어진 겉껍질이 사라지기 싫은 기억처럼 또르르
말린다

죽을 것 같은 고통스러운 욕망의 속살이 내게도 있었던가

하늘의 제비와 땅 위의 꽃뱀을 과장 없이 바라보고

눈부신 청춘들을 부러움 없이 아름답다 말한 적은 있었
던가

며칠이 지나도록 빠지지 않을 진액 물든

손톱은 무엇을 위해 무수히 나를 벗기는가

막연한 감정으로부터 언제쯤 자유로워질 수 있을까

조금은 쓸쓸하고 무시로 외로운 날들이 간다

모든 것 물들이고 많은 것 털어 내고 겨울 입구에 들어
선 나무야

넌 알몸인 채로 평화 속으로 입적하는구나

떠나거라 진분홍인지 진감청인지 모를 보잘 것 없는 욕
망아!

난 한 광주리의 뻣뻣한 평화처럼 겨울을 견디련다

그림자

친구도 애인도 모두 떠나고 오랜 직장까지 날 외면해도
병든 소나무를 버리지 않는 건 오직 너뿐!

알제리에서 한 소년을 만났다

매일 지중해에서 물장구를 치는지
그는 검은 멸치 같았다
흙바닥을 맨발로 뛰어다니는
그를 따라 걸었다 허름한 그의 집은
문틈으로 빛이 샛노랗게 새어 들어왔다
문맹인 할머니와
귀가 잘 들리지 않는 어머니가
삯바느질을 하고 있었다
책가방에서
오늘 학교에서 받아쓴
편지라며 꺼내 읽는다

"나는 길에서 『섬』을 열어 몇 줄 읽다가 말고는 다시 접
어 가슴에 꼭 껴안은 채 아무도 없는 곳에 가서 정신없이
읽기 위해 나의 방까지 한걸음에 달려가던 그날 저녁으로
돌아가고 싶다"

장 그르니에의 『섬』에 들어가
지중해의 햇살에 빠져 허우적거리다가
박제가 되어 버린
알베르 카뮈의 실존으로 샤워하는 오후

놀라지 마, 그건 센강이 시킨 일이야

☎

가로등이 켜지는 시간을 좋아했던 기욤과 로랑생은 미라보 다리의 파닥거리는 물고기처럼 출렁출렁 전화에 매달렸다

모나리자가 사라졌다 몽마르트르 세탁선을 뒤진 경찰은 기욤과 피카소를 도둑으로 몰았다

☎

은빛 몸통을 좌우로 흔들던 연애의 지느러미를 가방에 넣고 백작을 따라나선 마리 로랑생

이혼 후 처음 만난 기욤에게서는 삶을 거절한 비린내가 붉게 진동했다

감청색 장송곡을 튕겨 주자 팔레트를 열고 물고기들이 유유히 꿈틀꿈틀거리기 시작했다

그의 기타를 팔지 못하고 결혼한 죄, 미처 부르지 못한 노래가 센강이 된 죄

☎

우리들 사랑은 오지 않는데~ 미라보 다리 아래 센강은 흐른다~

살아서 더는 저 강물같이 이마를 맞댈 수는 없겠죠?

잘 가요~ 잘 가요~, 내 사랑!

그 누가 영원히 낯설고 홀로되지 않을 수 있을까?

파리 묘지에 묻히던 순간 로랑생이 끌어안은 기욤 시
집, 마지막으로 그의 무게를 견딘다

☎

어서 와 로랑생! 얼마나 기다렸다고

루시 인 더 스카이 위드 다이아몬드의 쇄골 인사법

내가 알고 있는 아가씨 이름, 루시*는 본디 있던 것이 아
니지
소금 사막을 배경으로 하다르강에서 배를 타고 있는 루시
사막여우는 물론 물고기 화석에도 있다는 빗장뼈의 노래
몸에서 제일 먼저 생겨나 가장 늦게 성장이 멈추는 빗장
뼈의 기타 반주는
라디오에서 흘러나오는 첼로 독주곡 쟈클린의 눈물이 아
니라
비틀즈가 부른 〈루시 인 더 스카이 위드 다이아몬드〉였지
오래된 적막을 부풀리며 부레와 지느러미로 너에게 다다
랐던
내 몸속 지문에는 그날의 노랫소리가 오롯이 담겨 있지
낙타 등에 올라 별들에 새긴 320만 년 전 밀어들은
참 도탑고 쓸쓸하게 사막에 두고 온 내 어깨를 껴안는다
허공에서 날아온 가시나무의 목소리와 눈빛을 바라보던
세공된 얼굴과
가시나무의 그 까끌까끌하게 돋은 턱수염을 말아 쥔
보드라운 손은 없어졌지만
허기질 때 자꾸 나에게 밀어 넣어 주던 뾰족하던 너
피투성이로 모래밭을 뒹군 아찔한 첫 키스는 물론 기억
하지

글썽이기에 적당한 나의 자둣빛 두 눈을 쏘아보던
섹시한 초콜릿 복근은 또 어떻구

흥미롭지 않니?
내가 아직도 〈루시 인 더 스카이 위드 다이아몬드〉를 길
어 올리면
네가 그날 혼자 오지 않고 사막의 깊은 물소리와 같이 왔
던 걸 기억해
헤이
루시! 너도 기억하지? 생명을 버리니 삶이 먼저 빠져 나
갔다고

선인장 그늘 카페에 앉아 자몽주스에 빠진 노을 건져 내
볼에 연지를 찍어 준 것
그러나 다음에 만나면 뱅쇼를 찍어 네 입술이 붉어질 때
까지 발라 줄게

이래저래 가장 큰 비밀은 내가 아직 어른이 되지 않았다는

* 1974년 에티오피아에서 발굴될 때 마침 라디오에서 비틀즈의 노래
〈루시 인 더 스카이 위드 다이아몬드〉가 흘러나와 '루시'로 명명된 320
만 년 전 소녀.

사랑을 떠나보내는 검정 칼새

이구아수폭포에 사는 검정 칼새는
노랑 구두를 신고 무지개다리를 툭 차며
눈부신 하늘로 솟아오른다

이구아수폭포 속으로 검정 칼새들이 뛰어든다
굽이굽이 접은 날개를 칼날처럼 푸르게 벼려
쏟아지는 비명 속으로 거침없이 자신을 던진다

내가 그대에게 사랑한다고 했던
말도 저와 같았다

제임스 조이스 타워*

더블린의 하루에
에로스, 타나토스, 섹스 같은 고전 과일을 넣고
그 위에 오디세이 갈색 소스를 뿌리고
민족주의 관념 치즈까지 곁들여
균형을 보고, 이방의 냄새를 맡고, 모험을 맛보던
좁고 낮고 작은

* 더블린에 있는, 제임스 조이스가 『율리시스』를 집필한 곳.

바람을 파는 여자

1.
마녀가 빗자루를 타고 하늘만 나는 건 아니다.

2.
핀란드에서 태어난 그녀는 바람을 긴 자루에 넣고 세 묶음으로 나누어 단단히 묶고

바람이 새 나갈세라 조심조심 빗자루에 매달고 이 나라 저 나라 돌아다니며 판다.

3.
바빌론에 도착한 그녀는 티스베와 피라모스에게 이 화살 바람을 팔았고

베로나로 찾아가 줄리엣과 로미오에게도 큐피드의 바람을 팔았다.

남원골에 사는 성춘향과 이 도령도 이 맹목의 바람을 샀다.

4.
첫 번째 매듭을 풀면 크레타섬을 달려온 훈풍이 파랑 파랑 온몸을 핥아 대고

둘째 매듭을 풀면 만나지 않고는 잠들지 못하는 시리우

스 속풍과 마구 뒤섞였으며

　세 번째 매듭을 풀면 서로에게 감겨 죽음까지 달려가는
절정의 토네이도가 몰아닥쳤다.

　5.
　띵동! 택뱁니다.
　핀란드 바람 공장에서 절정의 토네이도가 도착했습니다.

　6.
　작은 타나토스를 향해 오늘 밤 우우우~

비상구를 마시는 남자
—뮤지컬, 〈빈센트 반 고흐〉

비 내리는 몽마르트르 언덕 카페

압생트가 다가와 초록빛 신비주의를 따라 준다. 해바라
기의 노란 웃음을 찍어 36장의 자화상을 그린 남자. 면죄
부 찍어 대는 성직자를 쫙쫙 찢어 버린 남자. 런던 하숙집
딸에게 퇴출당한 남자. 사촌에게 청혼했다 뻥 차인 남자.
미모의 미망인에게 훅 차인 남자. 남동생과 700여 통의 편
지를 주고받은 남자. 나흘 동안 쓰디쓴 커피만 23잔을 마
신 남자. 강물 소리 무성한 창녀를 사랑해서 아버지와 척
진 남자. 뚱뚱한 화상들을 패스포트 도둑이라고 요약한 남
자. 폴 고갱과 난타 치다 자신의 귀를 자른 남자. 정신병
원에 자신의 발로 뎅강뎅강 들어간 남자. 계절을 유폐시
키고 있는 동안 새 울음의 안감도 찾아오지 않은 남자. 신

들린 듯 자신을 마셔 버린 남자. 2,000여 점의 작품 중 단 한 점밖에 팔지 못한 남자. 심장을 돌아 나온 무표정에 권총을 겨눈 남자. 37년간 수집한 별빛은 너무 자라서 이제는 안지도 못하는 남자를 만난다.

비 내리는 몽마르트르 언덕을 혁명처럼 오르내렸을 그의 구두를 흘깃 내려다본다. 폭우를 뚫고 오베르 밀밭에 비밀 요원처럼 숨어들던 까마귀의 뒤축을 흘깃 내려다본다. 물감 살 걱정은 사이프러스의 주린 배를 지나 구겨진 바짓단을 적시며 낡은 구두코에 쇠구슬처럼 뚝뚝 떨어지고 있다.

요한 볼프강 폰 괴테의 애인, 소녀를 잃다
—자궁 적출 수술

진정제가 혈관의 불혹을 핥는 동안
피안彼岸의 발목을 마취제가 끌고 가는 동안
격랑을 일으키던 골반과 불두덩에
적갈색 베타딘이 뿌려지고
별정직 음모를 밀어낸
천궁빛 천의를 입은 폐허는 납처럼 창백하다

번쩍이는 메스여!
망설이지 마, 그냥 확 그어 버려
어서 나의 위험한 선잠을
떨고 있는 멜라토닌 적막을
일렬횡대로 휘젓고 지나가라, 아파
아랫배를 움켜쥘 사이도 없이
풋풋한 선홍색 환영 인사가 스며 나오는가
좀쇠가 난자한 복직근막을, 애간장을 열고
헐떡이는 누대의 요람을 자르자
댕강! 떨어지는 동백 한 송이

한 마장 울음을 손질한 텅 빈 박물관에
푸르딩딩한 꽃 그림자를 전시했던가
공복의 정신에 대롱대롱 매달린 코르티솔*이

술 한잔 사 주고 싶다 한다

* 코르티솔: 수면제.

마지막 이름

할미! 갓 돌 지난 손녀가 부른다 최초의 여자가 마지막
여자를 부른다

에로스를 날다

그가 왔다. 어디서 왔는지 아무도 모른다. 생애 첫 나들이하는 아가 눈처럼 동경과 환희로 가득 찬 그의 눈웃음은 경이롭다. 신의 오솔길처럼 송알송알 매달린 웃음이 눈과 입이 공존할 수 없을 때까지 계속 커지다 종내 눈은 사라져 어디까지가 영감이고 어디까지가 충동인지 모른다. 막연히 결과가 좋으면 사랑, 나쁘면 불륜이라고 평가받는다. 자연 그대로인 그의 나이는 헤아릴 수 없을 만큼 많고 이 땅의 많은 종족 수의 꽃들만큼 존귀하고 순결하다. 그러나 죽을 만큼 가혹한 그의 열기는 친절함도 끝이 없다. 어떤 말도 다 받아 주되 당신이 원하는 어떤 모습도 되어 주는 그, 그는 발할라Valhalla를 지나 샹그릴라에 도착하는 지상의 마지막 통신수!

누구에게나 모든 것을 주지만 아무것도 빼앗기지 않는 Sex!

상단전上丹田의 기억

1.

반얀 나무가 가부좌를 튼다. 망망대해에 꿈틀거리는 기억을 쏴아 하고 토해 내는 회음, 여자의 거주지, 상단전을 지나는 차크라의 등뼈가 선명하다.

2.

포릉 한 마리 새가 빨랫줄에 앉는다. 내 마음의 빨랫줄이 흔들린다. 몸이 흔들릴 때마다 세상의 중심이 휘청거린다. 새의 잔여 반동에 히말라야와 내 몸이 자연스럽게 하나로 움직인다. 거대한 흔들림 속에 나를 방치한다. 지중해 심연에서 갈라파고스 창공으로, 두둥둥 울려 퍼지는 북소리에 맞춰 몸의 한쪽 끝을 물고 새가 솟아오른다. 한 줄기 빛을 향하여 깃 치며 비상하는 나의 몸이 조금씩 흐려진다.

순간 천 개의 부리가 마디마디 일곱 개의 차크라를 쪼며 천 개의 아난드(anand, 희열)로 조각나는 몸. 순교자의 자리에 반짝이는 귀고리!

3.

플라멩코를 추는 스페인 무희, 나선형 원을 그리며 바닥을 차는 춤을 보고 있었다. 일식이 몰려올 때처럼 이상

한 주술에 사로잡혔다. 생의 허허벌판을 두드리는 것이 나인지, 댄서인지.

터키에서 긴 모자에 명命을 달아 놓고 세마젠들이 세마춤을 추고 있었다. 팽팽하게 펼쳐진 긴 치마가 갈수록 빙빙 속도를 내는 큰 저녁. 들끓는 마음의 동요에 내 몸이 균형을 잃는 증상이 또 시작되었다.

4.

그날 이후 내 귀는 가부좌를 튼 발바닥에서 바라나시 강물 소리를 듣고, 가네샤의 교신음을 듣고 한 송이 시간에 귀 대고 있으면 내 안으로 가던 소리 타래가 차츰 내 밖으로 풀려나온다. 타지마할이 편지 읽는 소리, 저 들판으로 탁발 나가는 아그라 종소리, 우주의 리듬에 맞춰 춤추는 나타라자의 방울 소리까지, 모두 내 안의 사하스라라 연꽃 자리에서 꽃 벙그는 속도로 걸어 나온 외로움 같기도 한데 영락없이 소리의 배후가 되는 것일까? 이젠 모든 소리가 밖에서 나는 것 같지가 않다.

서우暑雨, 다크 투어

후쿠오카 형무소 뒷담에 서시를 널어놓고
흐려지는 새들의 발자국을 널어놓고
자화상의 울음을 말린다
패 경 옥 기별을 개켜 놓은 제단에
긴 다리를 쭉 피며 눕는 백골

후두둑 빗방울이 내린다
나가사키 구라바공원에 999년 세 든 집
떠난 이별은 올 생각이 없는데
아침상 차려 놓고 울고 있는 나비 부인

비애의 뒤편은 언제나 검은색이다

그날 밤

파도 소리 대신 그대를 들었다

사이렌si·ren, 둥·둥·둥·둥 천 개의 북소리를 타고

수수꽃다리 자전거를 타고 티베트 다랑이 밭둑을 달린다. 가장 거칠거나 가장 부드러운 고대의 지면에는 시간의 불수의적 기억들로 번성하다 잠들지 못하는 사원의 은성한 촛불과, 어느 골목에서 맡았던 음식 냄새와 마니차 돌리는 소리가 정정하고, 가장 눈물겨웠던 곳, 언젠가 다시 만나고 싶은 것들이 윤회의 문채文彩로 조붓하게 깔려 있다.

내가 수수꽃다리 자전거 속도로 만났던 까마득한 정신의 고원

그 산속에 살고 있는 작은 우체국! 우체국은 잘 있는지, 라마의 앵무새는 오늘도 잘 지저귀는지, 얄룽창포강은 햇빛에 반짝이며 흘러가는지, 서로의 지붕을 부딪치며

라일락 나무는 잘 자라고 있는지. 소녀는 지금도 버터차를 맛있게 끓이고 있는지, 조캉사원 옆 향초 단의 버터 촛불은 잘 타오르고 있는지, 거리의 어린 붓다는 아직도 콧물 훌쩍이며 작은 목걸이 부적을 몇 개나 팔았는지. 서낭당 오색 룽다*는 무욕의 세상을 향해 적멸의 춤을 추고 있는지. 노을을 지고 지극정성으로 오체투지하던 할머니 해탈했는지……

둥·둥·둥·둥 천 개의 북소리를 타고 카일라스산을 넘어 아미타바(Amitabha, 무량한 광명)로 날아가는 아, 검은 독수리!

---

* 룽다(風馬): 불교 경전을 쓴 오색 헝겊을 단 깃발이 바람에 흔들릴 때마다 "라쏘로! 치치 쏘소(우리를 보살피소서)!" 기도가 부처님께 닿기를 기원한다.

물고기 무덤에 대하여

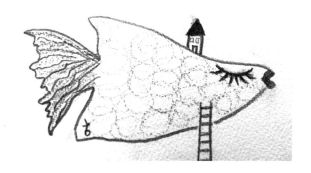

나무도 물고기의 집이 될 수 있다는 걸
나무도 물고기의 적막한 무덤이 될 수 있다는 걸
구채구九寨溝에 가서 호수의 말을 듣고 알게 되었네

호수 속에 천 년을 누운 아름드리 전나무가
젊음이 무심히 빠져나간 그립고 아득한 한때와
아득한 그리움 속으로 들랑거리던 어린 물고기들과
안단테 꽃 벙그는 속도로 이야기했다지

멀리서도 보였던 곧고 높았던 직립의 시간들이
흰 차도르를 두른 꽃잎처럼 무심히 떨어져 내려
호수를 환하게 만드는 것은
칸타빌레 달빛이 아닌 콘트라바순 꽃빛이었다지

호수 속에 깊이 잠긴 로망스의 쓸쓸함과
가을비에 살점 뜯긴 채 적멸을 뒤적이던 바람이
빠르지도 느리지도 않게 조랑말을 타고 사라지자
텅텅 울며 전나무는 물고기 무덤이 되어 갔다지
무관심을 잃은 채 천년 화석이 되어 갔다지

나무도 물고기의 집이 될 수 있다는 걸
구채구에 가서 호수의 말을 듣고 알게 되었네

제3부

몸!

태어날 때 입고 온 옷
떠날 때 입고 가는 옷
순례자의 첫 옷이자 마지막 옷

신성한 강물이 흘러가네
해와 달이 출렁이네
이처럼 행복한 사원 어디 있는가

쓸쓸한 채집

나비를 수집하러
팔라우, 페낭, 마다가스카르에 온 적 있다

더할 나위 없이 화려한 열대로 치장한 나비들이
비린내가 날 때가 있듯이, 모든 나비들이
번개의 염록소를 탁본하지는 않는다
날개 달린 뱀들이 떼 지어 지나는 곳에서
곧잘 목이 메는 황금색을 채록하는 것은
누군가 흘리고 갔을 눈물 하나 줍는 일이다
누군가 흘리고 갔을 이름 하나 줍는 일이다

그리하여
나비가 꽃잎을 박차고 장자의 산맥을 넘어갈 때
날개를 먹이와 바꾼 어떤 떨림은
살아서는 발굴되지 못할 이름 모를 계곡에 뒤태를 묻고
가슴을 문질러 젓대를 불던 어떤 춤사위는
살아서는 발굴되지 못할 늪지에 앞태를 묻는다

천 년 전
별이 쓸린 간이역에 누군가를 버리고 온 것 같아
이 세상에 와서도 바오밥나무 몇 잎은 가늘게 흐느꼈다

타블라라사*에 족적을 남긴 흉노, 코로나19 에게 곤장 일 겁 대

가문도 없는 천한 것이 어찌 감히 동거를 꿈꾸었다더냐

* 타블라라사Tabla rasa: 글자가 적혀 있지 않은 서판.

마마 배송굿

거 뉘유? 외국에서 손님이 오셨다구?

처음 모시고 간 곳은 경성 재벌 집
재물 모으는 취미밖에 없는 그에게 곳간을 축내는 손님 접대란
문전박대라는 필수 코스였다. 물바가지를 뒤집어쓴 손님들은
방아 찧은 품삯으로 허기진 하루를 사는 노고할미를 찾아갔다.
하룻밤만 쉬어 갑시다.
그녀의 오두막은 소박한 음식으로 인연을 정성껏 대접했다.
이 은혜를 어떻게 갚을까요? 혹시 손주들이 있습니까?
노고할미는 외손녀를 데리고 왔다.
손님 신들은 외손녀가 마마를 살짝 앓도록* 후~ 후~ 입김 처방을 내렸다.

손님 신들은 떠나는 길에 다시 재벌 집에 들렀다. 외아들은 한라산 영실靈室로 피신 보내고 올레 길목마다 마마가 들어오지 못하게 고추 불을 피워 놓았다. 콜록콜록 어찌나 매운지 눈을 뜰 수 없자 영실에서 아들을 불러내 마

마를 더 심하게 앓게 하였다. 놀란 재벌이 거만했던 허리를 굽혀 잡은 송아지에 떡과 술을 얹어 배송하며 빌었다. 괘씸과 구차가 해를 가려 아들의 숨통을 끊으려다 손님 신은 비는 것이 가상하여 쇠 우박을 얼굴에 왕창 뿌려 왕 곰보를 남기고 올 때와 같이 하얀 말을 타고 구름 속으로 사라졌다.

그 마을은 마마가 들어올 기미만 있으면 그날부터 집집마다 길일을 택일하여 배송굿을 청하는 바 손님 신은 천상천하를 오르락내리락 중흥기를 보내기에 흥겨웠다.

＊ 이해조, 소설 『구마검』 중에서.

늦여름, 와불

이른 아침, 방충망 바깥은
타고 남은 진신사리 화장터

푸드득! 푸드득!
도주할 전도도 탈출구도 없이
죽음을 향해 비행 포스로 돌진한
열혈 사내의 최후는 차갑고 단단하다
무모하게 암술을 탐하느라
짧은 행성의 하루를
눈부신 불꽃에 후회 없이 던졌다

그는 한 생애의 남쪽에서 서쪽으로
방향을 튼 것일까
서쪽을 향한 아미蛾眉의 남쪽은
어디일까

불에 탄 날개로 무릎 꿇은 불나방
말복 지나
추운 몸뚱이 하나가 와불로 누워 있다

진양조 포즈를 베푸는 그녀, 고배*

모딜리아니의 여인이다. 사랑을 잃고 슬피 우느라 목이 길어진 그녀를 보고 있으면 귀고리를 달아 주고 싶다. 한 쪽만 달면 레즈비언이라 의심받을 수도 있으니 진주 귀고리의 소녀처럼 영롱한 진주 귀고리 한 쌍을 그렁그렁 매달아 주고 싶다. 숱한 사랑의 밀어가 훑고 지나갈 때마다 파르르 파르르 떨던 목덜미. 폐허에 서서 자진모리 휘모리의 사랑이 어떻게 변해 왔는지 느린 진양조로 포즈를 베푸는 오래된 그녀

　　무의미한 삶은 없어요
　　내가 당신을 사랑하는 동안은

* 고배: 대가야의 목이 긴 토기.

3분 반쯤일걸요

   영화 〈아스팔트 정글〉을 달린다 살인을 저지른 사내가 젖 먹은 힘을 다해 국경선에 도착한다 한 발자국만 넘으면 자유의 땅 이젠 잡힐 염려는 없다 두근두근 숨을 돌리는 카페에서 에스프레소 한 잔을 시키는 동안 비명처럼 노래가 듣고 싶다 10센트 동전 한 닢을 넣자 주크박스에서 은쟁반 감정들이 흘러나온다 옛 애인 같은 아다지오 리듬은 사내의 불안한 배후를 징거매 주며 다독인다 구독하는 하늘에선 새들이 날아오르고 바람이 불 때마다 나무 이파리는 특집처럼 반짝거린다 평생 써도 남을 불 켜진 돈 가방은 생략된 비밀들로 빼곡한데 바로 그 순간 어디서 날아왔을까? 눈빛 속도가 엄격한 갈까마귀 형사가 아다지오 적금에 수갑을 채운다 숨어드는 방법을 잃어버린 햇살에 주크박스에 에스프레소에 공기 방울에 수갑을 채운다

   살인자: 이 한 곡에 몇 분이 걸렸지요?
   여자 점원: 3분 반쯤일걸요

   (3분 반! 너무 짧지만 자신을 놓치기에 충분했는데⋯⋯)

   잘못 짚은 짐승의 음계처럼 예정된 그의 '불안은 꽃에

게도 번졌다[*]

＊ 송재학, 「달맞이꽃 월식」에서.

랭커스터 아미쉬Amish*

빛의 속도로 돌아가는 뉴요커들을 비웃듯
21세기를 폭풍 질주하는 자동차를 비웃기라도 하듯
히힝 히힝
건강하게 그을린 말과 쟁기가 느긋하게 초원을 갈아엎고
꾹꾹 호롱불로 눌러쓴 편지를 싣고 새벽을 달려가는 마차
대가족 아이들은 양의 젖을 받아쓰며 성장하고
TV, 컴퓨터, 핸드폰 세상을 힐끗 쳐다보며 다시던 입맛까지
뽀드득뽀드득 바지랑대 손빨래로 바짝 구워 내는 사람들
21세기 미국 땅에 살며 대통령이 누군지 아이돌이 누군지 알지는 못하지만
직접 만든 이불, 비누, 잼, 통조림 등을 북한, 아프리카, 코소보로 보내고
갓 키운 감자수프를 읽으며 식탁의 발음으로 조용히 기도드리는 사람들

눈 내리는 옛집에 호롱불이 켜진다 추운 겨울밤 화롯가에 온 식구 둘러앉아
밤을 묻고 아이들의 신기한 그림자놀이에 시간 가는 줄 모르게 이야기가 피어오른다
살기 위해 조각내 팔아넘긴 상처투성이 고향 하늘은 홈

질과 감침질로 다시 새들을 불러들이고

　삽살개를 풀칠해 옛 모양을 찾는 동안 우리가 붙들어야

할 기억의 황국들은 어느새 황톳빛 마찻길에 도란도란 피

어나 정겹게 사람 동화를 써 내려가고 있었다

　＊ 아미쉬: 필라델피아주에 있는 16세기 청교도 정신으로 살고 있는 종
　　교 단체.

희망가 탓이에요

　화사한 철쭉보다, 맛깔진 똠얌꿍보다, 참 입맛 단 장
사익의 〈희망가〉를 걸어 놓고 책상 정리 좀 할까 하는데,
나 없는 사이 우편물 옮긴이가 님의 책을 갖다 책상 위에
놓고 그 위에 넓은 봉투를 올려놓아 진작 못 봤습니다. 그
래서 조금 놀랐습니다. 그리고 미안했습니다. 지금도 미
안합니다. 아직 책을 읽지 못하고 먼저 구지레한 변명 늘
어놓는 게 미안코…… 그러나 변명 안 할 수 없습니다. 그
래서, 그리고, 그러나…… 재미없는 연결 고리 별맛 없
지요?

　깜박했다는 편지에서 다디단 장사익의 〈희망가〉한 단
이 풀어져 내려 내내 접어 두었던 길을 활짝 열어 놓는다

Shall We Dance?

제1일

물푸레나무의 웃음소리가 프린세스호* 난간에 터억 기댔다. 칵테일 안주로 재즈 날갯짓을 두어 번 떨구면 저녁이 쉽게 왔다. 밤마다 Shall We Dance?가 열리고 흑장미처럼 피어나는 무희들 속에서 조나단 리빙스턴이라는 이름도 그럴듯한 갈매기 선장의 멋진 구레나룻이 물푸레나무의 손목을 잡았다.

제2일

물푸레나무의 웃음소리가 이 세상 같지 않은 선상 무대를 휘어잡자 여기저기서 장미꽃을 바치며 Shall We Dance?를 외친다. 간절한 눈빛의 갈매기 선장이 다시 춤을 청했다. 물속에 풀어진 물푸레나무 이파리처럼 물푸레나무 나긋나긋한 그림자처럼, 밤은 파란 물감을 풀어 바다를 격정으로 몰아갔다.

제3일

조나단 리빙스턴 선장의 손은 물푸레나무의 허리를 떠나지 않았다. 보초병처럼 곁에 붙어 서서 표류하는 음악은 제멋대로 흘러가도록 내버려 둔 채 달빛 잦아드는 갑판 위에서 그는 나직이 말했다. "당신이 내 청을 거절하신

다면, 이 배를 폭발시키겠소. 3일간의 말미를 드립니다."

제4일

1004℃의 고열, 꽃잎 뚝뚝 떨어지는 발열에 몰려오는
오한과 두통의 반복.

제5일

잠 한숨 못 자고 먹은 것을 다 토해 내는 토사곽란의
끝. 그리고 공백.

제6일

폭풍 해일 으렁 으르렁거리고 꼿꼿이 서 있는 승객 전
원을 무너뜨릴 듯 멀쩡한 배가 수장당할 위기에 몰린 밤.
전라로 Shall We Dance? 물푸레나무의 웃음소리 트레몰로
에 맞춰 프린세스호에 타고 있던 2,600명의 목숨을 단박
에 구하고 말았다.

제7일

Shall We Dance? 얍! 얍! Every Day!

* 프린세스호: 3개월 일정의 크루즈. 알래스카·시애틀·코스타리
카·이스터섬·희망봉·마다가스카르·몰디브·팔라우·타히티·나가
사키를 거쳐 본래의 출항지로 귀환하는 여정.

촌식 야바레!

시베리아 눈은 한곳에 머물지 않는다. 눈 폭풍으로 뒤덮인 늑대의 야경은 끊임없는 텔레파시로 당신을 불러 길을 열어 준다. 오로라 춤을 추다 멈추고, 이리저리 정주하지 못한 채 휘돌아다니는 눈 폭풍을 유일하게 막아설 수 있는 것은 자작나무. 자작의 몸매만 보고도 어느 쪽에서 바람이 부는지를 안다.

유월이면, 알혼섬에 샤먼 축제가 열린다. 선택받은 샤먼들은 지상으로 내려오는 신을 맞아 백화 제단에 어린양을 제물로 바치고, 사나워지는 벽사기복 주문을 낭송해 정령을 위로하고 봄 파종과 유목지 변경과 연애편지를 백화 껍질에 적어서 태운다.

은빛 소원 하늘에 닿아 화촉을 밝히고 신행을 떠나는 날 당신은 종을 쳐서 신을 깨운 뒤 맨 처음 끓인 차를 하늘에 뿌리고 땅에는 우유를 뿌린다. 자작나무 속껍질로 만든 주머니에 금사와 은사의 별을 담고 리스트비앙카를 향해 걸으면 길의 여신이 당신에게 손을 흔들며 인사를 한다.

촌식 야바레! 촌식 야바레(늑대처럼 살펴 가소서)!

망고 마사지

익지도 않은 초록 망고를 들고
필리핀 아가씨가 방으로 들어섰다
후후 더운 입김으로 양 손바닥을 비벼 덥힌 다음
초록 망고를 감싸 쥐고 빠르게 돌리며 문댄다

젖은 빗살무늬토기처럼 누워
겨울 발코니처럼 돼 버린 발끝에서부터 비비다가 누르다가
봄날 병아리 부리처럼 콕콕 쪼다가 물고 흔들다가
망고 꽃 진 배꼽 그늘에 천둥 만다라를 아프게 그리다가
낙엽 다 떨군 오름 사이를 거북이걸음으로 오르다 보니
어느새 붉게 농익어 버린 망고의
탐스러운 냄새

앗, 차가워!
몸살기로 잠시 눈을 붙였던 내 얼굴에 깎아 먹고 남은
망고 껍질을 뒤덮어준 두 돌배기 손녀

횡재

운무에 흔들흔들 빗금으로 누워 있는
다랑이 논둑길 물고랑을 고르다가
하나둘
아무리 세어 보아도 한 배미가 모자란다
여기저기 헤쳐 보고 풀숲을 뒤적이며
하루 종일을 찾았으나 결국은
고개만 갸우뚱갸우뚱 포기하고 일어서는데
갑자기 소나기다
서둘러 지게 지고 집으로 가려다가
벗어 놓은 삿갓을 막 집어 올리는데
그토록 찾아 헤매던 없어진 논 한 배미가
삿갓 밑에서 흘끔 나를 바라본다

치우치우치! 치우치우치!
뽀얗게 김 내뿜는 저 무쇠 밥솥
파란 이파리를 달고 누렇게 익어 간
이 지상 삿갓배미다, 제신들의 자궁이다

통화의 지문

서랍 속 아버지의 주민등록증
바랜 지문 위에 내 엄지손가락
지그시 누른다

큰애 너냐?
예, 어디 계세요, 아버지!

풍년초 연기처럼 텁텁한 아버지 목소리
흐릿하게 멈추다 다시 이어진다

아버지, 아직 바닷가세요?

흠뻑 젖은 베적삼 풀어 젖힐 여유도 없이
오뉴월 염전 수차水車에
필생을 길어 올리시던 아버지

폭우로 반도막 난 지문이 붉게 젖어 드는 오후
천일염 등줄기에 달빛이 흥건하다

아버지 그만 좀 쉬세요!
오냐, 다 됐다 큰애야, 너도 좀 쉬렴!

가을, 펼치다

가을, 전어구이를 펼쳤다
아는 이름을 펼쳤다
어리굴젓 파는 얼굴도
느린 서산 말투도
그 시골의 햇살도
낯익다
아,
낯익은 것은 이렇게 펼치면
따스해지는구나.

관상 Zone

빈자리가 하나도 없다
표정이 등 뒤로만 읽히는 극장에는
어디서 왔는지
여우상 · 호랑이상 · 족제비상 · 너구리상 · 살쾡이상 ·
늘대상
바리데기상 · 영등할미상 · 처용상 · 도깨비상 · 부처상
관상 보러 온 사람들은 모두 성형 코에 안경을 썼다
각각 다른 태도를 지닌
뿔테 안경 · 로이드 안경 · 티어드롭 안경 · 웰링턴 안경
은테 안경 · 금테 안경 · 무테 안경 · 3D 안경 · 4D 안경
어둠의 뒷다리를 지그시 누른 추억의 해골들은
허옇게 드러난 스크린의 괄약근까지 추적하다가
한숨을 내뱉은 제 얼굴에 길들여진 안심을 붙이고
의자 등받이에 부풀어 오른 제 꼬리를 걸쳐놓은 채
어두컴컴한 복도를 빠져나와
집 없는 짐승들같이 정글 속으로 사라졌다

* 백석 시 「석양」 패러디.

시간을 오리다

세 살배기 어린 손자가
가위질을 한다
어미 꿈에서 제 꿈으로 날아 든
오리처럼 앉아 색종이를 오린다

싹둑싹둑싹둑싹둑싹
가는 발목으로 그리움을 헤치며
팔만대장경을 자르는 저 삼매경

어미를 기다리다 지친 아이가
고개를 떨구고서 달그림자를 자른다
등 돌리고 앉아
감기는 졸린 눈을 치켜뜨며
일루미네이션처럼 어미를 자른다

미움을 삭이느라 어미를 자르던 아이
쿵,
옆으로 쓰러져
세상의 미움 다 내려놓았다는 듯
잘린 시간을 베고 잠이 든다

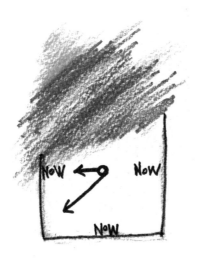

제4부

형상기억합금처럼 반짝이는 은어(sweetfish)의 문장

한 알의 아스피린이 필요할 때 나는 호수 공원에 누워 하늘 호수에 발을 담근다 하늘땅 맞붙고 푸른 이슬 검은 이슬 합쳐 만물이 생기던 태곳적 신화부터 만개하는 달팽이관의 우거진 이야기까지 바람 이야기는 종횡무진이다 때론 담 밖으로 얼굴을 내놓고 웃어 대는 덩굴장미의 폭소를 목 조르며 어느 땐 짐짓 고개 돌려 못 들은 척 능청을 떤다 바람을 타고 어디서 왔는지 은어 한 마리가 파닥파닥 발아하는 내 발등의 비늘 한 점을 뜯어 먹는다 은어가 데려온 작은 은어 떼들이 도르르 내 발을 원추형으로 감싸고 수초를 쪼듯 나를 감별한다 내 비늘 속을 흐르는 비릿한 바닷물의 문장에서 형상기억합금 같은 소리 무늬를 보았나 보다 맑은 물에 깔린 자갈을 좋아하는 은어 어젯밤 무지갯빛 기름지느러미 사이에서 태어난 아기 은어 원뿔 모양 이빨이 자라면서 점차 빗살 이빨로 변모되어 가는 삼촌 은어 아가미를 닫고 숨 안 쉬기 내기에서 가장 오래 견딘 엄마 은어 마음의 감기에 걸려 시름시름 앓고 있는 언니 은어 배 안쪽에 오렌지색 세로줄이 선명하게 나타난 용맹스런 아빠 은어까지 날 같은 문장을 쓰는 같은 어족으로 보는 것이 틀림없다 내 가난한 하늘 호수에 끼어든 무수한 유심들과 웃고 떠드는 사이 백 년이 하루처럼 지나가 버렸다

97

의문의 분량

벌목공이 날카롭게
돌도끼로 내리찍는다
파박!
핏물이 바닥에 곤두박질치며
사방으로 튄다
하늘까지 솟구쳤을 거라고
피가 다 흘렀을 거라고
감았던 눈을 뜬다

놀라운 일이 벌어진다
활짝 열린 가슴에서
쿵!
책 한 권이 떨어진다
연이어 두 번째 책이
세 번째 책이……
초원의 누우 떼처럼
책들이 쏟아져 내린다

내 가슴
빠개 젖히면
몇 권의 책이 쏟아질까?

......

네게서도 패다라* 냄새가 나

* 패다라貝多羅: 범어, 나뭇잎이라는 뜻.

모나크는 거짓말을 안 해, 눈 감고 들어 봐

눈 감고 모나크 얘기 들어 봐~ 세상의 독액을 빨고 독성을 키워 온 오래된 애벌레의 옹알이를 들어 봐~ 상처 난 날개들의 손뼉도 듣고 궁 궁 궁宮 거문고의 쾌상청도 듣고 오보에를 타고 오는 눈물도 듣고 그대를 열고 들어 봐~ 하이힐과 구두가 격렬하게 부딪히는 탱고도 듣고 춤도 듣고 그대를 끊지 말고 들어 봐~ 마음이 산만할 땐 천의를 비벼서도 지켜 내지 못한 바위 자라는 소리 들어 봐~ 등뼈가 시려 올 땐 잠들지 못하는 산사의 풍경 소리 타래타래 들어 봐~ 상각商角 음도 듣고 치우徵羽 음도 듣고 무시로 마음속 어린 모나크 안개에 걸려 보채거든 조롱박 소리 다강다강 달래 주고 휘파람 무등도 태워 주고 두둥두둥 인디언 북소리도 들려 줘~ 누에 실 뽑는 소리 고마움이 커 가는 소리 세월 넘기는 소리 소소蕭蕭히 찻물 끓는 소리 국화 향 흔드는 소리 낙엽 밟는 소리 달빛 허리 자르는 소리 댓잎 두드리는 싸락눈 소리 사박사박 눈길 걸어가는 소리 해 질녘 누군가 발 씻겨 주는 소리 꼬물꼬물 아지랑이 소리 솜털 적시는 명주실 봄비 소리 그 모든 소리들의 무주공처無主空處를 써레질하듯 미숙한 독법으로 6,900km나 날고 날며 바다의 벌어진 상처에 상처를 포갰더니 모나크 소리의 구유(a trough)에서 먼 어린 날의 밀 냄새가 나~

순간, 주황색 모나크 나비들이 화르르 일어나 바다를 뒤덮었다.

돌 속에서 걸어 나온 She, She는 지금 임신 중!

—장 레옹 제롬, 〈피그말리온과 갈라테이아〉, 1882.

차가운 She는 말 거는 걸 싫어하고

옷 입는 것을 싫어하고

움직이는 건 더더욱 싫어했다

He는 한 번도 본 적 없는 She에게

수시로 말을 걸고 키스를 퍼붓고

노란 수선화 목걸이를 걸어 주고

물방울무늬 원피스도 사다 입혀 주었다

추울까 무릎을 꿇고 스타킹도 신겨 주고

비단 금침에서 함께 잠을 잤다

어느 날부터

He는 She와 진짜로 살고 싶어졌다

촛불 기도를 올렸다

바라건대 제 아내가 되게 하소서

창문이 열리고 아침 햇살이

침대에 누워 있는 She를 비추는 순간

그 돌의 심장에서 파방팡 파방팡팡

꽃잎 터지는 소리 허공을 메웠다

She는 지금 임신 중!

산수유 목도리를 감아 줄게

순장당한 수리취떡을 꺼냈다
냉동실에서 지리산의 세잔歲殘을 꺼내 쫙 펼쳤다
빙하에서 피어오르는 어린 마음들이 몰랑몰랑하다

수미산에 남편을 보내 놓고 무생곡無生曲을 부르는 동안
수리취 향기는 계속해서 주위를 맴돌며 말을 건다

힘들면 언제든지 달려와, 산수유 목도리를 감아 줄게
세석평전에 내려앉은 별빛으로 너의 이름을 새겨 줄게
단출하게라도 아침 밥상은 꼭 챙기고

지리산에서 뜯기고 다듬어지고 씻기고 쪄져서
땀을 몇 바가지나 쏟아 내고야 복닥거리는 삶에 배달된
따스한 일갈을 한입 베어 문다

케겔운동 후
—에곤 쉴레, 그림 〈양 팔꿈치를 괸 채 무릎을 꿇고 있는 처녀〉

그 흔하디흔한 포즈로 낯선 암호를 풀다
파르르 섬모를 세워 황홀을 감지하던 엉덩이가
접힌 약 봉지처럼 치마를 걷어 올리자
천리향 꽃이 졌다는 먼 소식이 왔다.

귓속에서는 오십 년 전 첫 물 흘렀던 그날의
연짓빛 재회가 아롱아롱 떨어져 내렸다.

홀로 춥고 따뜻하게 완성된 강물 소리가
지금, 물소 떼를 타고 내 곁을 스치는 것이리라.

Wanted

도둑이 들었다. 야금야금 모든 풀들의 속살에 닿았던 He를 훔쳐 간다. 태양과 함께 노동에 귀의하고 달과 함께 무욕을 꿈꾸던 맑은 날들을 훔쳐 간다. 병실 벽에 걸어둔 야자나무색 옷을 훔쳐 가고 먹구름빛 환자복을 남기더니 어제는 사막을 횡단한 신발을 도둑맞고 휠체어를 빌렸고 일미一味를 도둑맞은 식판에는 링거 눈물만 근육의 증거로 채택되었다.

절명가에 물든 달빛 식탁이 무릎을 당겨 앉는 동안 말을 도둑맞은 진통의 조서 목록에는 모르핀이 추가되었다.

아름다운 말미를 장식하자던 He는 친구의 친구인 노을을 도둑맞고 낮에 페달 돌려 얻은 자신의 잠까지 도둑맞으며 바람 숭숭 뚫린 자신의 시간과 조금 남은 삐뚤삐뚤해진 자신까지 정말 칠칠치 못하게도 계속해서 도둑맞고 있다. 인정사정없이 고통을 늪힌 그의 청색 그림자 황색 그림자의 내장까지 다 훔쳐 가고 있다.

…… 저 도둑 잡아 줄 사람 없나요?

지구의 끝에서 초록을 키우며 저녁 이슬에 흙발을 털던 He에게 비릿비릿 초록이 사라진 빈자리에 생초 비단 같은 그늘이 깃든 듯한데 소멸을 더듬거려 나비를 불러들이고 나비의 춤을 간신히 피워 한 소절 머금었다가 한 움큼씩

어린아이를 풀어놓는 He의 모습은 그러나 나는 또 이별의
다른 모습으로 기억도 한다.

8월이 사라지는 입구

모로 누웠던 여름이 가슴이 아픈지 반듯이 눕습니다.
나는 여름의 시선이 날아가는 곳으로 따라갑니다.

하얀 뭉게구름 위에 친구들과 둘러앉아 하하 호호 소꿉
놀이하던 바람에게 뻐꾹새 뒷다리에게 호수를 가르는 수
연조에게 천상병의 귀천을 읽어 줍니다. 그것도 잠시, 숨
이 찬지 창가에 놓인 하늘말나리를 한번 스윽 어루만지다
물병에 고인 흐느낌을 기울여 화병에 부어 주고는 물병의
안부를 힘없이 내려놓고 저잣거리의 만 가지 신을 따돌려
버리고 새로운 신을 알현하듯 구토를 합니다. 절망의 급
소를 들킨 눈꺼풀이 햇살에 파르르 떨립니다.

부르지 못한 이름으로 가득 차 있던 입속에서 이름 하나
가 비실비실 기어 나옵니다. 어린 후박나무 잎새 하나가 창
을 열고 들어와 여름의 야윈 어깨를 살포시 덮어 줍니다.

여름은 자기도 모르게 칠십두 개의 징검다리를 건너
총총히 왔던 길을 되돌아갈 것입니다.
ㅅㅜㅁㅅㅗㄹㅣ ㄷㅏㄹㄱㅗㅇㅗㄴ 천 년 전 생시처럼
······

Here's looking at you, kid!

너무 먼 내 안의 바깥

1.

쾅! 잔치가 끝나자 육중한 철문이 닫혔다. 옷깃을 한번 스친 인연이 닫히고 서쪽 가지에 매달린 절절한 사연도 닫혔다. 일월日月보다 더 환한 눈빛도 닫히고 사 들고 간 떡 바구니 음료 병뚜껑과 몇 권의 책도 닫혔다. 어둠 속 서러운 포말로 일어서는 공주교도소는 낄낄거리거나 수군거리지 않았다. 청색의 이름 없는 다만 피라미 떼처럼 몰려든 무모한 청춘과 무모한 행동과 무모한 생각의 지느러미들이 피카소의 청색보다 더 강렬하게 유영할 뿐.

2.

수은의 눈빛으로 인터뷰를 했다. 한 달에 한 번 만나는 재소자 법회 모임에 시인이 참석한다는 소식을 듣고 그들은 술렁였다. 그들은 흥분이 고조될수록 화랑들의 시랑詩廊처럼 선연한 의지와 꿈으로 출렁댔다. 첫눈에 들어온 건 전자오르간을 연주하는 반장이었다. 수인 번호들의 선망의 대상. 그에게 선비다운 풍모와 비단 같은 부드러운 미소는 어디서 빌려 온 것이냐고 묻자 부처님 눈에는 부처만 보인다 카면서, 감사합니다. 저는 앞으로 10년을 이곳에서 살아 내야 할 왕겨 포대입니다. 깜짝 놀라 그의 얼굴을 쳐다보았다.

뭐, 뭐라구요?

앞으로 돌려야 할 세월이 10년이 넘는다는 말입니다.

나는 내 귀를 의심했다. 우째? 앞으로 10년이 더 남았다고예?

근데, 육신의 분노는 어디에 다 내려놓고 그리 편하게 웃기만 하는 거라예?

웃어야지요, 웃지 않으면 그 긴 회랑을 무엇으로 채우겠습니까?

본디 선비의 후예처럼 차분하게 말하는 그가 성자처럼 보였다. 분명 10년 후 세상에 올 때는 기적과 운명, 예감과 현몽도 초월하는 빛이 될 것 같다고 말하는 사이 눈가에 흐린 계곡이 슬몃슬몃 몰려드는 베이지색 수의囚衣가 눈에 띄었다. 또 물었다.

저 색은 뭔 색이라예?

아, 베이지색은 며칠 있으면 나가는 일급 모범수입니다. 일급은 피부도 일급답게 고왔다.

팔짝! 그 순간 먹이를 노린 개구리처럼 한구석에 묵상하듯 조용히 앉아 있던 젊은이가 다가와 눈길을 건넨다. 대학 노트를 펴 반구대암각화처럼 쓴 시를 읽어 보란다. 나가면 꼭 시인이 될 거예요. 그의 밀밀한 심사는 간절하고 절박하다.

3.

한 우물 속에 세 들어 사는 그들은, 그들은 나였다. 전
전긍긍 보여 주고 싶지 않은 부량한 나였다. 여행지 뷔페
에서 가방에 몰래 넣었던 빵이었다. 오렌지였다. 초콜릿
이었다. 비행기에서 훔쳤던 일회용 와인이었다. 티스푼이
었다. 모포였다. 그들은 내가 떨리게 훔쳐 왔던 일상의 메
뉴였다. 고개를 돌리고 싶은 한때의 내 마음을 애써 감추
는 대신 교도소에 나를 밀어 넣고 나왔다. 돌아오는 길 내
내 차 안에서 남겨 두고 온 나를 까놓고 동정했다. 어리석
은 무량 무위를 까놓고 동정했다.

호~ 호~, 마음 아플 때 마음에 붙이는 파스는 없나?

호~ 호~,

상처에 습관처럼 파스를 붙이면 안 돼

호~ 호~,

손목이 아플 땐 손목 안쪽에

무릎이 들쑤실 땐 오금 가운데로

척추가 욱신거릴 땐 좌우 옆 근육에 붙이는 거야

호~ 호~,

홀로 걷는 밤길이 버뮤다 삼각지대 같을 땐 추억의 오금에

설거지통 깨부수며 꺼이꺼이 울고 싶을 땐 슬픔의 베란다에

설한雪寒의 홀리데이에 고드름이 비수처럼 꽂힐 땐

그래, 아궁이에 군불 살리듯 식은 트로트 정수리에

한 장 척 붙이면 돼

호~ 호~

디오게네스의 소원

바쿠스 신들이 빈 오크 통에서
낮잠을 즐기는 동안
그리스 거리를 빌려
자위를 즐기고 있는 거지 철학자

비난하는 자에게
눈길 한번 주지 않고
자족 자제를 충실히 실천한다

"아,
배고픔도 이처럼 문질러서 가라앉힐 수 있다면
얼마나 좋으랴!"

가난을 파는 방법
—스스로 만든 감옥을 스스로 열게 하는 첨단 비법

눈 내리는 우물가에서 서럽게 우는 한 노파를 만났다

할머니, 무슨 일로 그리 우십니까?

주인이 물을 부지런히 길어 오지 않는다고 쌍욕을 퍼부었다오

할머니, 그 가난을 제게 파세요

아니, 가난도 팔고 살 수가 있나요?

그럼요. 제가 할머니의 가난을 사겠습니다

가난을 팔려면 어떻게 하면 되오?

적선積善을 하면 됩니다

겨우 입에 풀칠하고 사는데 무엇으로 적선을 한단 말이요?

할머니, 물 한 그릇 얻어먹을 수 있을까요?

노파가 떠다 준 물 한 그릇을 다 비운 뒤

오늘처럼 남에게 베풀기를 좋아하면 행복은 곧 할머니를 찾아옵니다

적선이란 돈으로 짓는 건물이 아니라 저에게 물 한 그릇을 떠 준 것처럼

한마음으로 쌓아 올리는 사랑이기 때문입니다

명탐정이랑 셜록 홈스랑

옆집에 홀로 사시는 아흔 하고도 다섯 살 할머니
며칠 전 다급한 표정으로 헐레벌떡 건너오셨다

우리 집에 도둑이 들어 내 금비녀를 훔쳐 갔어
그 머시다냐, 애기 엄마가 들고 댕기는 컴퓨터 있잖은가
그걸 우리 집으로 옮겨다 놓고 도둑 좀 잡아 주게나
할머니는 신기한 노트북이 세상의 모든 문제를
다 해결해 주는 명해결사로 알고 계셨다

그러지요, 단숨에 노트북을 들고 그 집으로 달려가
명탐정 셜록 홈스의 예리한 촉수와
집요한 눈빛으로 이 방 저 방 서치하며 도둑을 쫓는다
온 집 안을 발칵 뒤집었으나 어디에도 도둑의 흔적은 없다
퀴퀴한 냄새에 뒤엉킨 땀방울 성심을 다하느라 몰골이
아닌데
순간 뒤통수를 치는 생각
핸드폰이 없어져서 팔팔 뛰다가 냉동실에서 찾았던

냉동실 문을 열자 울컥울컥 잊혔던 기억들을 다 쏟아 낸다
맨 마지막에 토해 낸 검은색 비닐에 싸고 싼 덩어리 하나
보물 금비녀는 냉동실 뒤편 후미진 구석으로

사라져 버렸던 것이다 할머니 집엔 도둑님이 왜 그리 자
주 오시는지 오늘도

셜록 홈스는 노트북을 들고 달려간다

스스로의 산맥을 넘어가는 원단元旦의 풍경

텅 빈 캔버스! 로코코풍 팔레트!
에서 울트라마린 바닷물을 콕 찍어 마른 목을 축이는
새털구름과
그 아래 하얀 분칠이 쓸쓸하게 얼룩진 오래된 자작나
무 흔들의자
흔들흔들 서로 수인사를 나누네

이곳은 어디쯤일까?

빛으로
가득한 바쿠*역에서 시베리아 횡단열차를 타고 유라시
아 대륙을 가로지르다 지바고의 시를 옮겨 적기도 하고 시
베리안 허스키의 푸른 썰매를 호령하며 붉게 붉게 바이칼
을 통과할 때 보드카의 끈을 풀지 못한 오무르빛 감정과
발정 난 산짐승 냄새와 불현듯 간통으로 얽혀 이름 모를
모스부호에 긁히고 긁혀 버린 자작나무 흔들의자 통나무
거실에 기대어 유리창의 아로마 향 헌사를 받네

비틀, 삐걱삐걱 일어서다 주춤 백화의 흰 피로 간신히
수혈받은 자작나무 흔들의자의 초식 감정을 그려 낼 가장
빛나는 영정 사진을 찍자고 클로즈업! 혹한의 우그러진

렌즈를 마트료시카 표정으로 리셋하자 봄눈 사이로 라라의 머리칼 위로 자작나무가 수런수런 자라나는데 무성한 잎들 사이로 경멸했던 것에 찔린 카마이타치** 문장을 이끌고 날개를 퍼덕이며 스스로의 산맥을 넘어가는 원단元 旦의 풍경

아 · 름 · 답 · 다 ·

* 바쿠: 노을 방언.
** 카마이타치: 눈이 많이 올 때 그 공기가 피부를 베는 현상, 상처.

아 유 사이코메트리스트psychometrist?[*]
―의자에 앉아 〈세계의 기원〉 그림을 보고 있는 남자에게

아이, 깜짝이야!

누구지? 누가 '나'를 뚫어져라 바라보는 거야?

널 보는 게 아니야, 근원의 집을 바라보는 거야. 그곳을 바라본다는 것은 근원의 집을 이루고 있는 오로라의 길눈과 운율과 적절한 온도의 은허문자殷墟文字 이전의 언어를 바라보는 거지. '세계의 기원'은 내셔널지오그래픽 속에만 존재하는 것이 아니라는 거, 너도 알잖니? 파격, 도발, 창조, 악명을 떨쳤던 인류의 출생지는 도처에 널려 있어. 넌 그저 그중의 하나일 뿐이야.

알아, 그런데, 그러면, 그런 줄 알면서 너는 왜 나한테만 집중하는데? 그 집중이 너무 부담스러워. 힐끗 한 번만 쳐다보고 가면 안 돼?

세계의 기원! 너, 생명의 온도여!

나는 사이코메트리처럼 불현듯 그리고 우연히 근원 이전의 기쁨이나 향유의 기억, 첫 울음의 물방울, 물방울의 오래된 따뜻함, 따뜻함의 새로운 무의식, 무의식의 초초심리까지 느끼고 싶을 뿐이야. 그뿐이라구. 그곳은 언제나 라니아케아 초은하단 때로부터 존재했던 야성의 냄새가 고스란히 남아 있는 곳이잖아? 아주 소중히……

그래? 그렇담, 그건 진심으로 나에게 닿고 싶다는 말이기도 한 거지? 지국총 지국총 댕기물새 떼같이 첨벙첨

벙 물 젓다 하늘 높이 솟구치고 싶다는 말과 같은 거, 아
니야? 맞지?

---

* psychometry: 미국의 과학자 J. R. 버캐넌이 제창한 용어. 시계나 사
진 등 특정인의 소유물에 손을 대어, 소유자에 관한 정보를 읽어 내
는 심령적인 행위. 한 실험 결과에 의하면 남성은 10명 중 1명, 여성
은 4명 중 1명이 이 능력을 가졌다고 한다. 이 능력은 투시透視의 일
종인데, 이전에 존재했던 인간의 기억이 냄새처럼 주위의 사물에 남
는다는 초심리학적 가설에 의거, ESP 카드에 의한 투시 능력 실험
등은 이것을 응용한 것이다.

양심 판매

매주 금요일 오후 풍무리 농협 앞에 트럭 한 대가 멈춘다 횡성에서

갓 잡아 온 싱싱한 양심이 주렁주렁 매달려 있다 양심을 파는 총각

은 소의 울음을 부위별로 진열해 놓고 덤으로 잘게 썬 염치 위에

그루밍 미소까지 얹어 준다 동네 사람들은 손에 검은 봉지를 들고

와서 한 근 두 근 잃어버린 양심을 사 들고 간다 식탁 위 소금과

후추의 감정으로 귀가한 양심에게 '발보리심發菩提心*'을 호명하는

철학자들 승냥이 떼처럼 꿈틀꿈틀 광합성을 시작한다

음머~~~

뭐라고?

새들이 쪼아 버린 팔자 주름, 피라미드처럼 발기하라고 뱉는 새빨간 거짓말!

아니야, 그럴 리가 없어 이 초야에서 지워진 양심을 너의 되새김질 안에 몰래 들여 어르고 기르다 너의 되새김질 바깥으로 이주시킨 유일한 블루칩인데 어찌 감히……

음머~~~

그래, 휘핑크림처럼 달달한 양심을 먹게 해 준 넌 철학자로 환생하고

은하 머리 철학자들은 가축으로 태어나 워워 소리에 걸음을 멈추겠지

* 발보리심發菩提心: 깨달음의 지혜를 갖추어 다음 생에는 사람으로 태어나라는 뜻.

하늘 카페에서 쓰는 편지

안녕?
한강!
오늘은 무슨 노래를 부를 거야?

있지 있지,
무궁화가 부르는 한 장의 편지야

미리내에서
한 바가지 물을 쏟아붓던 실력으로
직박구리 새끼손가락에
별빛을 문질러 쓰기 시작한
양피지 두루마리

새벽 물길의 단절 없는 시간을 채록하는
기나긴 이야기, 은밀한 서간체 문헌이야

알고 있지?

꽃이 펴도 꽃이 져도 노래는 계속된다는 것

여행자의 패러독스와 너무 먼 내 안의 바깥

권성훈(문학평론가, 경기대 교수)

> 갓 돌 지난 손녀가 부른다
> 최초의 여자가 마지막 여자를 부른다
> —「마지막 이름」부분

1

당신이 가진 이름처럼 존재하는 것들은 명명으로 통한다. 그것도 생명이 시작되는 순간부터 끝나는 순간까지 이름으로 호명되는데 그 이름을 부르는 주체는 자신이 아니라 타자다. 타자를 통해 우리는 자신에 대한 개념이 생기는 것과 동시에 세계로 진입하며 세상이라는 궤도에 정착한다. 이 세계는 먼저 생겨난 사람들에 의해 이미 수없이 정해진 것들로 가득한 것처럼 이루 말할 수 없는 체계와 개념으로 구성되어 있다.

그러나 세계에 대한 체계를 확립하고 있는 개념은 존재를 이해하는 데 도움이 될 수 있어도 완전히 파악한다는 것은 불가능하다. 왜냐면 이 세계는 논리로 다가설 수 없는 집합체이며 알 수 없는 영역의 공간이기 때문이다. 또한 우리의 시공간은 같지만 다른 비동일성으로 존재하며 논증할 수 없는 비합리적인 것으로 채워져 있다. 현재라는 일상성은 누구에게나 동일하게 놓여 있으나 사람마다 제각기 다르게 지나가는 것처럼, 다가올 미래 역시 예측은 할 수 있으나 추측대로 이루어지지 않는다. 과거가 그랬던 것같이 모두에게 같은 오늘이지만 모두 다른 형태로 생존한다. 거기에 죽음은 누구에게나 있지만 살아 있는 오늘, 실재하지 않는 내일에 대한 모순된 실체다.

당신의 죽음을 생각해 보라. 정해져 있지만, 아직 정해지지 않은 미증유의 삶이 바로 당신의 죽음인 것같이, 죽음은 "누구도 말했지만/ 누구도 말하지 않았던 그 모든 순간"(「시인의 말」)으로부터 말하지 못하는 삶인 것. 누구나 불연속적인 것과 불확정적인 모순된 시공간에서 나름대로 삶의 방식으로 살아가지만 존재의 이치를 깨닫기란 쉽지 않다. 그뿐 아니라 근원적인 사물의 원리와 법칙을 해명한다는 것은 더욱더 역부족일 때가 많은 것이 사실이다. 물론 선험적인 직관과 통찰이 아니더라도 후천적인 연륜이 더할수록 모순의 의미를 지각하기도 한다. 그렇지만 그 가능성과 성찰이 주는 한계는 지극히 자의적인 관념인 것으로 보편성을 찾기 어렵다.

여기서 논리적 방법으로 해명할 수 없는, 세계를 인식하는 힘인 패러독스paradox가 발생한다. 패러독스는 기존의 인식 체제와 논리를 넘어서 작동되며 세계를 이해하는 데 기여한다. 그것은 우리가 학습해 왔던 상식을 "싹둑싹둑싹둑싹둑싹"(『시간을 오리다』) 잘라 갈 때 당신의 "귀는 가부좌를 튼 발바닥에서 바라나시 강물 소리를 듣고, 가네샤의 교신음을 듣고" "타지마할이 편지 읽는 소리, 저 들판으로 탁발 나가는 아그라 종소리, 우주의 리듬에 맞춰 춤추는 나타라자의 방울 소리까지"(『상단전上丹田의 기억』) 듣게 된다.

이처럼 역설은 기존의 논리로서 해명할 수 없는 음소거를 해제하여 사물이 가진 고유한 소리를 모순되게 들려준다. 이 세계는 언제나 밖에서 실재하는데 실재론 학파의 주장처럼 "외부 세계는 인간의 지식이나 관찰과 무관하게 독립적으로 존재한다. 우리의 인지를 넘어서 있는 진리가 있다. 여기에는 현재로서 알려지지 않은 진리와 식별 불가능한 진리와 누구도 알 수 없는 진리도 포함되어 있다".* 상식을 기초로 이루어지는 실재론은 경험을 통해 기억되고 공론화된다. 실재론에서 지양하는 것이 진리를 알 수 없다고 해서 그것을 부정해서는 안 된다. 그 이유는 자신이 경험하지 못했기 때문에 상식에 위배된다고 볼 수는 없기 때문이다. 그렇지만 진리의 경우처럼 어딘가 분명히 존재하는데 그것이 어디에 있는지 알 수 없는 것이, 바로 모순된 세계를 의미한다. 마치 듣는 이가 없어도 사물은 어느 때든지 소리를 내는데 그것을 자신이 듣지 못한다고 부정할 수 없는 것. 말하

---

* 윌리엄 파운드스톤, 민찬홍 역, 『패러독스의 세계』, 뿌리와이파리, 2005, 97쪽.

자면 "내 몸속 지문에는 그날의 노랫소리가 오롯이 담겨 있"
(『루시 인 더 스카이 위드 다이아몬드의 쇄골 인사법』)지만 우리가 그
소리 밖에 있거나, 소리를 내도 그것이 무슨 소리인지 모를
뿐이다. 아니 듣지 못할 뿐인 것. 그러나 우리의 인식 작용
을 넘어서 어떠한 존재를 열어 놓고 귀를 기울이는 것이야
말로 진리에 가까운 진실을 목격하는 최선의 방책이 될 수
있다. 이때 그 소리를 받아 적는 언어는 "거짓말처럼 우의
자비 섬광으로 우를 투명하게 복제"(『shooting painting』)하는 모
순된 발음이며 "우NaNa의 문장이 출렁일 때마다" 역설로써
"우NaNa들은 순풍순풍 태어"난다. 마치 진실을 향해 정조
준한 언어를 행간의 가운데로 "슛팅! 슛팅!" 날리는 것처럼.

2

　윤향기 시인의 이번 시집 『순록 썰매를 탄 북극 여행자』
는 우리가 듣지 못하는 외부 세계에 대한 사물의 소리에 역
설적인 자신만의 언어로 치환해서 들려준다. 그것을 위해
시인은 패러독스로 소급해서 사유를 전개한다. 우리에게
길들여진 합당한 일련의 개념들로부터 그것이 가진 전제들
을 무너뜨리고 개념조차도 무용하게 만들어 버린다. 게다
가 다양한 시의 역설적 오브제를 이용하여 진실을 짚어 내
고 사유를 연역한다.
　이 가운데 서정을 통해 미학을 산출해야 한다고 하는 민

음과 충돌하면서 패러독스를 발생시킨다. 마치 "친구도 애인도 모두 떠나고 오랜 직장까지 날 외면해도 병든 소나무를 버리지 않는 건 오직 너뿐!"(『그림자』)이라고 말한 것처럼, 처음부터 마지막까지 남은 '병든 소나무'의 그늘이 되어 주는 그림자는 그녀의 시력에 맞는 역설의 음영이 아닐 수 없다. 그녀에게 시는 바로 그림자처럼 세상 밖의 세계를 사유로 탐험하는 오랜 동반자로서 여기까지 왔다.

지금까지 그녀의 시작은 처음이 끝이 되고, 끝이 처음이 되는 모순된 세계 속에서 처음과 끝을 패러독스로 무화시키면서 서정의 한계와 시적 지평을 넓혀 왔다. 그것도 "누군가 흘리고 갔을 눈물 하나 줍는 일" "누군가 흘리고 갔을 이름 하나 줍는 일"(『쓸쓸한 채집』)에 충실해 온 것이다. 마지막 누군가가 흘린 "이름 하나"는 그녀가 발견한 최초의 시어로서 기록되고 보존되며 완성되었다. 이러한 시적 성취는 신념에 대한 상반된 가치를 시어로 결합하면서 세계의 혼란과 갈등을 끌어안고 있다.

거기에 욕망으로 가득 찬 세계 언어가 "퀴퀴한 분투의 거품들로 넘쳐"(『소의 말을 듣다』) 나는 것으로 보고, 언어의 "기름 덩이와 거품 문 소문을 걷어" 증류하고자 한다. 그녀의 시는 언어에 배어 있는 거품을 최대한 배제함으로써 말할 수 없는 말을 말하는 데까지 나아간다. 여기서 증류는 언어의 충만함도 시어의 풍성함도 아닌 기존의 인식을 분리시키고 남은 새로운 가치를 가지게 하는 언어 작용이다. 요컨대 "맥주 거품들의 검은 수다"(『더블린의 사치』) 같은 말이 지

배적인 언어의 거품을 제거하기 위해 "세상이 뱉어 낸 말풍
선보다 먼저" 감춰진 진실의 "검은 빙하를 완독"하고자 한
다. 거기에는 오랜 시간 벼려 온 소나무와 같은 "질긴 정신"
이 깃들여 있다.

베란다에 펑퍼짐하게 앉아 고구마 줄기 껍질을 벗긴다
흐릿한 연애 감정처럼 불투명한 오후가 똑! 부러진다
길게 이어진 겉껍질이 사라지기 싫은 기억처럼 또르르
말린다
죽을 것 같은 고통스러운 욕망의 속살이 내게도 있었던가
하늘의 제비와 땅 위의 꽃뱀을 과장 없이 바라보고
눈부신 청춘들을 부러움 없이 아름답다 말한 적은 있
었던가
며칠이 지나도록 빠지지 않을 진액 물든
손톱은 무엇을 위해 무수히 나를 벗기는가
막연한 감정으로부터 언제쯤 자유로워질 수 있을까
조금은 쓸쓸하고 무시로 외로운 날들이 간다
모든 것 물들이고 많은 것 털어 내고 겨울 입구에 들어
선 나무야
넌 알몸인 채로 평화 속으로 입적하는구나
떠나거라 진분홍인지 진감청인지 모를 보잘 것 없는 욕
망아!
난 한 광주리의 뻣뻣한 평화처럼 겨울을 견디련다
　　　　　　　　　　　　　—「한 광주리의 평화」 전문

이 시의 화자는 "모든 것 물들이고 많은 것 털어 내고 겨울 입구에 들어선 나무"로서 그가 가는 길은 이미 정해져 있지만 불확정하다. 그것도 "조금은 쓸쓸하고 무시로 외로운 날들" 속에서 그런 날을 버티고 있다. 그것은 "한 광주리의 뻣뻣한" 자신을 담은 기표를 '평화'라는 기의로 감싸면서 겨울을 견디는 것으로 표상된다. 이어서 "고구마줄기 껍질" 같은 기표 속에 있는 기의는 "겉껍질이 사라지기 싫은 기억처럼 또르르" 말린 의미로 나타낸다. 이때 언어로 포장된 "죽을 것 같은 고통스러운 욕망의 속살"이 숨겨져 있는데 그것은 말할 수 없는 불편한 진실의 표피다. 시인은 이러한 불편한 진실을 "하늘의 제비와 땅 위의 꽃뱀을 과장 없이 바라보"는 것처럼 바라본다. 이때 "알몸인 채로 평화 속으로 입적"한다는 에로티시즘의 패러독스를 남기면서.

이같이 그녀의 시는 육체성을 통해 역설을 드러내고 있는데 "반가부좌 엉덩이마다 환하게 피는 봄"(「산수유」)으로부터 "여기선 한 몸 한통속으로" 이루어진 세계는 "크게 벌린 입 속으로 꽉 들어차는 저 풍경은 아마 쾌락의 화엄華嚴에서 배운 공법이겠다"(「에밀 놀데의 가을 바다 공법」)라는 근원적 물음까지, 또한 근원적 물음으로부터 "지중해의 햇살에 빠져 허우적거리다가/ 박제가 되어 버린/ 알베르 카뮈의 실존으로 샤워하는 오후"(「알제리에서 한 소년을 만났다」)라는 실존적 사유에 이르기까지, "누구에게나 모든 것을 주지만 아무것도 빼앗기지 않는" 세계에 당도하는 "지상의 마지막 통신수"(「에로스를 날다」)를 자초한다. 그러한 그녀는 "나는 길에서 『섬』을 열어 몇 줄 읽다가 말고는 다시 접어 가슴에 꼭 껴안은 채 아무도 없는 곳에 가서 정신없이 읽기 위해 나의 방까지 한걸음에 달려가던 그날 저녁으로 돌아가고 싶다"(『알제리에서 한소년을 만났다』)라고 말한다.

3

시인이 육체성을 담보로 돌아가고 싶은 곳, 그 근원적인 시작과 실존적인 끝은 어딘가. 그것을 찾아 "자신의 눈 속에서 은하처럼 발아하는 순록의 눈을 들고" 떠돌아다녔을 지난날들. 북극 여행자 같은 그녀 삶에서 "어찌할 바를 몰라 허둥거리는 밤하늘, 감수분열한 오로라 신탁을 헤집고 춥고 혹독한 회오리바람이 이글루를 뛰어다니다 울컥"(『북극 여행자』) 나온 것이, 여기에 실려 있는 시편들이다.

사실 그녀가 보여 왔던 에로스는 세계의 욕망을 생명성으로 치환하려고 하는 상상력의 전유물이다. 모든 시들어 가는 것들조차도 신선한 활력을 주입하여 육체성을 재생하여 생명을 돌려주는 것이야말로 시인의 역할이 아닐 수 없다. "아침마다 몸속에 호르몬 약을 투여한다. 시들지 않으려고 여자를 지니려고. 썩은 꽃대에 간신히 매달려 처절하게 웃는다. 나는 조화가 될 거야. 갈 때를 잃어버린 꽃은 꽃이 아니다. 아름다움은 사라지기에 아름답지 않은가"(『벼락을 맞다』). 시인은 시들지 않으려고 시를 쓰며 시가 갈 때를 찾아가는 중이다. 한편 그녀는 에로스를 지나서 "아름다움은 사라지기에 아름답지 않은가"라는 소멸의 패러독스로 나아간다. 소멸의 패러독스는 육체성에서 진화된 육체미를 가지는 것이며 시적 깨달음이다. 이러한 시적 미학의 절정은 매일같이 새로워지는 정신에 있다. 말하자면 "아침마다 몸속에 호르몬 약을 투여"하는 방식과 같이 "영혼 불멸을 꿈꾸는" 활성화된 시 의식으로 어제 소멸한 내가 오늘 다시 "싱싱한 웃음"으로 태어나는 것도 여기에서 기원한다.

　　이구아수폭포에 사는 검정 칼새는
　　노랑 구두를 신고 무지개다리를 툭 차며
　　눈부신 하늘로 솟아오른다

　　이구아수폭포 속으로 검정 칼새들이 뛰어든다
　　굽이굽이 접은 날개를 칼날처럼 푸르게 벼려
　　쏟아지는 비명 속으로 거침없이 자신을 던진다

　　내가 그대에게 사랑한다고 했던
　　말도 저와 같았다
　　　　　　　　　—「사랑을 떠나보내는 검정 칼새」 전문

　　이른 아침, 방충망 바깥은
　　타고 남은 진신사리 화장터

푸드득! 푸드득!

도주할 진도도 탈출구도 없이

죽음을 향해 비행 포스로 돌진한

열혈 사내의 최후는 차갑고 단단하다

무모하게 암술을 탐하느라

짧은 행성의 하루를

눈부신 불꽃에 후회 없이 던졌다

그는 한 생애의 남쪽에서 서쪽으로

방향을 튼 것일까

서쪽을 향한 아미蛾眉의 남쪽은

어디일까

불에 탄 날개로 무릎 꿇은 불나방

말복 지나

추운 몸뚱이 하나가 와불로 누워 있다

　　　　　　　　　　—「늦여름, 와불」 전문

　위 두 편의 시는 절정에 다다른 깨달음에 대한 시적 미학으로 '물속'과 '불 속'을 통해 완성한 대표적인 시편이다. 육체의 한계에서 보이는 것은 정신의 끝에 당도한 것으로 그때 우리는 사물의 진면모를 보게 된다. 「사랑을 떠나보내는 검정 칼새」의 경우 "이구아수폭포에 사는 검정 칼새"가 "쏟아지는 비명 속으로 거침없이 자신을" 던지는 행위에서 "내가 그대에게 사랑한다고 했던/ 말"을 역설한다. 자신의 몸을 던져 죽음까지 갔을 때 비로소 '사람'을 '사랑'이라고 부를 수 있다. 그렇지만 "굽이굽이 접은 날개를 칼날처럼 푸르게 벼려" 보지 못한 자는 진정한 사랑을 알지 못하는 낮고 적고 짧은 경지에 있을 뿐.

「늦여름, 와불」에 와서는 "타고 남은 진신사리"에서 "도주할 전도도 탈출구도 없이/ 죽음을 향해 비행 포스로 돌진한" '사람'의 '사랑'을 보게 된다. 이 사람이 남긴 '진신사리'는 "짧은 행성의 하루를/ 눈부신 불꽃에 후회 없이 던"진 '사랑의 알갱이'이다. 이른바 사랑 하나 얻기 위해 "불에 탄 날개로 무릎 꿇은 불나방"같이 사랑의 진면목을 보이는데, 역설적으로 죽은 다음에야 사랑이 다시 시작되고 있다. 그것은 영원하다는 말이 안 되는 말도, 필요 없는 '영혼의 와불'로서 이미 영원한 가슴에 누워 있기 때문이다.

4

그녀의 몸에 대한 체험은 기억으로 남아 기록으로 저장되면서 역설로 전환된다. 그것은 삶과 죽음 사이 벌어지는 에로스와 타나토스의 팽팽한 대결 구도로서 생명성을 견인하고 있다. 그러한 당신의 몸 안에서 하나로 존재하는 삶과 죽음은 언제나 시작점에 있으면서 언제든지 종착점을 향해 있다. 그녀는 삶과 죽음의 본능을 역설적으로 체화하면서 자신과 세계를 파악하는 데 평생을 바쳤다. 그녀는 말한다. "태어날 때 입고 온 옷/ 떠날 때 입고 가는 옷/ 순례자의 첫 옷이자 마지막 옷// 신성한 강물이 흘러가네/ 해와 달이 출렁이네/ 이처럼 행복한 사원 어디 있는가". 태어날 때부터 우리 몸은 여행자의 규격에 따라 '태어날 때'와 '떠날 때'를 위하여 최적화된 옷이다. 시인은 그것을 "순례자의 첫 옷이자 마지막 옷"이라고 명명하며 에로스와 타나토스가 분리된 것이 아닌 일원적이라는 사실을 상기하게 해 준다.

　이처럼 시인은 한세상 입고 있는 몸을 순례자의 옷이라고 하면서 그 안에 거주하는 정신을 '행복한 사원'이라고 역설한다. 그동안 그녀가 보여 준 몸에 대한 사유는 그녀만이 가진 끊임없는 고민과 해석에서 나온 해법인 것이다. 그 지혜의 자리는 비워 두지 않는 시혼의 자리이고, 그 자리는 시의 자리이며 무엇보다 시인의 자리이다. 따라서 「그날 밤」에서 "파도 소리 대신 그대를 들었다"고 할 수 있는 것도, "내가 수수꽃다리 자전거 속도로 만났던 까마득한 정신의 고원"(「사이렌si·ren, 둥·둥·둥·둥 천 개의 북소리를 타고」)을 만날 수 있는 것도, "작은 타나토스를 향해 오늘 밤 우우우~"(「바람을 파는 여자」) 날아갈 수 있는 것도 모두가 모순된 세계의 매듭을 시적 패러독스로 풀 수 있었기 때문이다.

　　나무도 물고기의 집이 될 수 있다는 걸
　　나무도 물고기의 적막한 무덤이 될 수 있다는 걸
　　구채구九寨溝에 가서 호수의 말을 듣고 알게 되었네

호수 속에 천 년을 누운 아름드리 전나무가
젊음이 무심히 빠져나간 그립고 아득한 한때와
아득한 그리움 속으로 들랑거리던 어린 물고기들과
안단테 꽃 벙그는 속도로 이야기했다지

멀리서도 보였던 곧고 높았던 직립의 시간들이
흰 차도르를 두른 꽃잎처럼 무심히 떨어져 내려
호수를 환하게 만드는 것은
칸타빌레 달빛이 아닌 콘트라 바순 꽃빛이었다지

호수 속에 깊이 잠긴 로망스의 쓸쓸함과
가을비에 살점 뜯긴 채 적멸을 뒤적이던 바람이
빠르지도 느리지도 않게 조랑말을 타고 사라지자
텅텅 울며 전나무는 물고기 무덤이 되어 갔다지
무관심을 잃은 채 천년 화석이 되어 갔다지

나무도 물고기의 집이 될 수 있다는 걸
구채구에 가서 호수의 말을 듣고 알게 되었네
—「물고기 무덤에 대하여」 전문

　　현실은 비동일성의 공간이지만 시인이 바라보는 세계는
동일성을 추구한다. 나무가 서 있는 자리가 무덤이라는 상
식을 깨고 무덤이 되는 집에서 "나무도 물고기의 집이 될 수
있"고 나아가 "나무도 물고기의 적막한 무덤이" 되는 것을

가능하게 만든다. 그녀가 형상화하는 이 모든 세계는 일상적 경험 속에서 부한한 가설을 등장시키면서 확장된다. 이를테면 "호수의 말을 듣고" 나서 "꽃 벙그는 속도로 이야기"를 나누면서 우리가 알고 있는 객관적 실재를 초월해서 상상하게 한다. 물론 객관적이라는 것은 엄격하게 보자면 앞서간 사람들이 형성한 개념에 불과하다. 그녀는 그러한 다수의 사고하는 존재들의 공통된 의미에 의미를 부과하면서 다양한 개념에 대한 "생략된 비밀들로 빼곡한"(「3분 반쯤일걸요」) 수수께끼를 해체한다.

그러면서 완전히 독립적인 실재가 불가능하다는 사실을 확인하고 개방성 상상력을 통해 사유의 자장을 넓혀 나간다. 이는 「너무 먼 내 안의 바깥」 여행자로서 나를 열어 보면 "에로스, 타나토스, 섹스 같은 고전 과일을 넣고/ 그 위에 오디세이 갈색 소스를 뿌리고/ 민족주의 관념 치즈까지 곁들여/ 균형을 보고, 이방의 냄새를 맡고, 모험을 맛보던/ 좁고 낮고 작"(「제임스 조이스 타워」)게 존재했던 것을, 존재할 수 없는 것들로 채우고 있다. 이 또한 이질적인 것들의 모순된 뒤섞임 속에서 조화를 이루는 새로운 세계를 창출하면서 역설적 세계로 접근을 가능하게 한다.

5

1991년 등단한 윤향기 시인은 30년 동안 6권의 시집과 15

여 권의 수필집과 학술서를 출간한 중견 문학인이자 연구자다. 또한 김혜순, 최승자, 최영미, 김이듬 등과 같이 시단에서 실기한 방법으로 창작을 하며 '에로티시즘 시학'을 펼쳤다. 그뿐만 아니라 「한국 여성시의 에로티시즘 연구」로 문학박사를 취득한 학자이자 교육자로서 에로스와 심리학에 관한 논문 10여 편을 학계에 제출했다. 이러한 점에서 윤향기는 현대 여성시의 에로티시즘을 보편화시킨 '에로티시즘 문학의 인도자'라고 할 수 있다.

이번 시집 목차에서 마지막 시편이 69번째 「하늘 카페에서 쓰는 편지」인 것은, 우연의 일치라기보다는 올해로 예순아홉이 된 시인의 생애를 자축하기 위함으로 보인다. 여기서 "오늘은 무슨 노래를 부를 거야?"라고 말하는 그녀의 순수한 진술에서 시인이 가꾸어 온 '시의 정원'이 아프게 느껴진다. 물론 그 이유는 시인의 푸르른 시편 속 시의 향기와 함께 찾아볼 일이다. 그녀의 예순아홉 편의 시가 69년 동안 완숙되었던 것처럼 『순록 썰매를 탄 북극 여행자』는 69년 생애에서 다시 출발하는 '0시행 승차권'이다. 다만 불러도 돌아오지 않지만 언제나 곁에 있는 이름에게 바치는, 이 시집이 자신을 향해 부르는 첫 선물로서 마지막 시집에게 전달되길 바랄 뿐이다.